Z

COLETTE

CLAUDINES ELTERNHAUS

Roman

Aus dem Französischen
und mit einem Nachwort
von Elisabeth Edl

Paul Zsolnay Verlag

Originaltitel:
La Maison de Claudine

1. Auflage 2025

ISBN 978-3-552-07501-6

Satz: Nele Steinborn, Wien
Umschlag: Anzinger und Rasp, München
Foto: © Collection Roger-Viollet / Roger-Viollet
Druck und Bindung: GGP Media GmbH, Pößneck
Printed in Germany

MIX
Papier | Fördert
gute Waldnutzung
FSC® C014496

KINDER, WO SEID IHR?

Das Haus war groß, gekrönt von einem hohen Speicher. Die steil ansteigende Straße zwang Pferdeställe und Remisen, Hühnerhöfe, Waschküche, Milchkammer, sich ein Stückchen tiefer rings um einen geschlossenen Hof zu kauern.

Auf die Gartenmauer gestützt, konnte ich mit dem Finger am Dach des Hühnerstalls kratzen. Der Obere Garten überragte einen Unteren Garten, den eingepferchten, warmen Gemüsegarten, wo Auberginen gediehen und Paprikaschoten und im Juli der Geruch von Tomatenblättern sich mischte mit dem Duft der am Spalier gereiften Marille. Im Oberen Garten zwei Zwillingstannen, ein Nussbaum, dessen unverträglicher Schatten alle Blumen umbrachte, Rosen, vernachlässigte Rasenstücke, eine wacklige Laube … Ein kräftiger Gitterzaun ganz hinten, entlang der Rue des Vignes, sollte die beiden Gärten schützen; ich habe diese Gitterstäbe jedoch immer nur verbogen gekannt, aus dem Zement ihrer Mauer gerissen, hochgehoben und in die Luft gestemmt von den unwiderstehlichen Armen einer hundertjährigen Glyzinie …

Die Hauptfassade, an der Rue de l'Hospice, war eine Fassade mit doppelter Außentreppe, schwarz geworden, mit großen Fenstern und ohne jegliche Anmut, ein Bürgerhaus in einem alten Dorf, aber die steil ansteigende Straße brachte seinen würdigen Ernst ein bisschen ins Wanken, und seine Außentreppe hinkte, sechs Stufen auf der einen Seite, zehn auf der andern.

Großes tiefernstes Haus, grimmig mit seiner Waisenhausglocke an der Tür, seiner Toreinfahrt samt großem alten Gefängnisriegel, ein Haus, das nur seinem Garten zulächelte. Die Rückseite, unsichtbar für jeden Vorübergehenden, von der

Sonne beschienen, trug einen Mantel aus Glyzinie und Bignonie, ineinander verschlungen, schwer lastend auf dem ermüdeten, in der Mitte wie eine Hängematte durchgebogenen Eisengerüst, das einer kleinen gefliesten Terrasse und der Schwelle zum Salon Schatten spendete … Lohnt es sich, dass ich den Rest beschreibe, mit armseligen Worten? Ich helfe niemandem, all das zu sehen, was in meiner Erinnerung den roten Ranken einer herbstlichen Weinrebe Glanz verlieh, zerstört durch ihr eigenes Gewicht, in ihrem Sturz festgekrallt an ein paar Kiefernzweigen. Die mächtigen Fliederbüsche, deren Blütentraube, blau im Schatten, purpurn in der Sonne, rasch verrottete, erstickt durch ihre eigene Üppigkeit, diese längst abgestorbenen Fliederbüsche steigen durch mich nicht wieder herauf ans Licht, so wenig wie der furchteinflößende Mondschein – Silber, Bleigrau, Quecksilber, scharfkantige Amethystfacetten, stechende spitze Saphire –, der zusammenhing mit einer gewissen blauen Fensterscheibe, am Pavillon ganz tief im Garten.

Haus und Garten leben noch, ich weiß, doch was soll's, wenn der Zauber sie verlassen hat, wenn das Geheimnis verloren ist – Licht, Gerüche, Harmonie aus Bäumen und Vögeln, Gemurmel menschlicher Stimmen, ausgelöscht durch den Tod –, das eine Welt eröffnete, derer ich nicht mehr würdig bin? …

Es kam vor, dass ein Buch, aufgeschlagen im Gras oder auf der steinernen Terrasse, ein sich schlängelndes Springseil in der Mitte eines Wegs oder ein winziger Garten, von Kieseln gesäumt, mit Blütenköpfen bepflanzt, einstmals, in jener Zeit, als dieses Haus und dieser Garten bewohnt waren von einer Familie, die Anwesenheit der Kinder verrieten und auch ihr verschiedenes Alter. Aber diese Zeichen waren fast nie begleitet von kindlichem Geschrei oder Lachen, und das Logis, warm und vollgestopft, glich auf wunderliche Weise jenen Häusern, denen ein Ferienende in Nullkommanichts alle Freude raubt. Die Stille, der bezähmte Wind im umfriedeten Garten, die vom unsichtbaren Daumen einer Sylphe gewendeten Buchblätter, alles schien zu fragen: »Kinder, wo seid ihr?«

Da tauchte unter dem betagten eisernen Bogen, den die Glyzinie nach links drückte, meine Mutter auf, rundlich und klein in jener Zeit, als sie noch nicht abgezehrt war vom Alter. Sie spähte ins dichte Grün, hob den Kopf und schleuderte ihren Ruf in die Lüfte:

»Kinder! Wo seid ihr, Kinder?«

Wo? Nirgendwo. Der Ruf drang durch den Garten, stieß gegen die hohe Mauer des Heuschuppens und kam zurück als ganz schwaches und wie erschöpftes Echo: »Ohhh … Kinder …«

Nirgendwo. Meine Mutter warf den Kopf in den Nacken, blickte hoch in die Wolken, als erwartete sie, ein Schwarm geflügelter Kinder müsse herabschießen. Nach einer Weile stieß sie noch einmal denselben Schrei aus, dann wurde sie der Himmelsbefragung überdrüssig, knackte mit dem Fingernagel eine trockene Mohnkapsel, schabte an dem von grünen Blattläusen umhäkelten Rosenstock, steckte die ersten Nüsse in ihre Tasche, schüttelte den Kopf über die verschwundenen Kinder und ging ins Haus. Doch über ihr, zwischen den Blättern des Nussbaums, glänzte das dreieckige, nach unten schauende Gesicht eines Kindes, hingestreckt auf dem dicken Ast wie ein Kater und mucksmäuschenstill. Hätte eine nicht ganz so kurzsichtige Mutter aus den hastigen Verneigungen, welche die Zwillingswipfel der beiden Tannen austauschten, eine Ursache herausgelesen, die nichts zu tun hatte mit den jähen Oktoberwindböen? Und hätte sie in der quadratischen Luke unter der Seilrolle fürs Viehfutter nicht mit ein bisschen Blinzeln die zwei hellen Flecken im Heu erraten: das Gesicht eines jungen Burschen und sein Buch? Doch sie hatte es aufgegeben, uns zu entdecken, verlor jede Hoffnung, uns zu erwischen. Unsere seltsame Wildheit begleitete kein einziger Schrei. Ich glaube nicht, dass es quirligere Kinder gab und stillere. Erst jetzt wundere ich mich darüber. Niemand hatte von uns diese fröhliche Stummheit verlangt, auch nicht diese beschränkte Geselligkeit. Mein neunzehnjähriger Bruder, der hydrotherapeutische Apparate aus Tuchwürsten, Draht und gläsernen Lötlampen baute, hinderte den jüngeren, mit seinen vierzehn Jahren, nicht daran, eine Uhr auseinanderzunehmen, noch eine Melodie, ein in der Kreisstadt gehörtes symphonisches Stück fehlerlos am Klavier nachzuklimpern; und auch nicht, mit unergründlichem Vergnügen den Garten mit kleinen, aus Pappe geschnittenen Grabsteinen zu schmücken, wobei jeder unterm Kreuz einen Namen trug, ein Epitaph und die Genealogie des ausgedachten Toten ... Meine Schwester mit dem allzu langen Haar konnte endlos, pausenlos lesen: Die zwei Burschen liefen vorüber, streiften, wie ohne es zu sehen, dieses dasitzende, verzauberte, entrückte Mädchen und störten es nicht. Ich durfte, als ich klein war, dem großen Schritt der Burschen folgen, ihnen hinterherrennen, wenn sie in die Wälder stürmten, auf der Jagd nach dem Großen Eisvogel, dem Segelfalter, dem scheuen Schillerfalter, oder der Blindschleiche nachstellten oder den hochgewachsenen Julifingerhut zu Sträußen banden, tief in den schütteren Wäldern, rot von Heidekrautpfützen ... Aber ich folgte ihnen geräuschlos, sammelte Brombeeren, Vogelkirschen oder Blumen, streunte durchs Unterholz und über die wasserdurchtränkten Wiesen wie ein eigenwilliger Hund, der keinem Rechenschaft gibt ...

»Kinder, wo seid ihr?« Plötzlich stand sie da, ganz außer Atem durch ihr ständiges Suchen, wie eine allzu zärtliche Hundemutter, mit erhobenem Kopf im Winde schnüffelnd. Ihre in weißem Leinen steckenden Arme erzählten, dass sie gerade Galette-

Teig geknetet hatte oder Englischen Pudding, übergossen mit einer heißen Samtschicht aus Rum und Konfitüre. Eine große blaue Schürze hatte sie umgebunden, wenn sie die Havaneser Hündin wusch, und manchmal fuchtelte sie mit einer Fahne aus knisterndem gelben Papier vom Metzger; denn sie hoffte, zusammen mit den verstreuten Kindern auch ihre stromernden Kätzinnen anzulocken, gierig auf rohes Fleisch …

Zum gewohnten Schrei kam noch, im selben dringlichen und flehenden Ton, die Erinnerung an die Zeit: »Vier Uhr! Sie sind nicht zur Jause erschienen! Kinder, wo seid ihr? …« – »Halb sieben! Kommen sie zum Abendessen? Kinder, wo seid ihr? …« Die hübsche Stimme, ich weinte vor Freude, wenn ich sie hörte … Unsere einzige Sünde, unsere einzige Missetat war das Schweigen und eine Art wundersames Verschwinden. Unschuldiger Vorhaben zuliebe, einer Freiheit zuliebe, die niemand uns streitig machte, kletterten wir über Zäune, zogen die Schuhe aus, benutzen auf dem Rückweg eine überflüssige Leiter, die niedrige Mauer eines Nachbarn. Die feine Nase der besorgten Mutter erschnupperte an uns den Bärlauch aus einer fernen Schlucht oder die Minze aus den unter Gras versteckten Sümpfen. Die nasse Tasche eines der Jungen verbarg die Badehose, die er mitgenommen hatte zu den Fieberteichen, und die »Kleine«, mit aufgeschlagenem Knie, abgeschabtem Ellbogen, blutete still vor sich hin unter Verbänden aus Spinnweben und gemahlenem Pfeffer, umwickelt mit Grashalmen …

»Morgen werdet ihr eingesperrt! Alle, hört ihr, alle!«

Morgen … Morgen, da rutschte der Ältere vom Schieferdach, auf dem er einen Wasserbehälter installierte, brach sich das Schlüsselbein und blieb stumm, höflich, halb bewusstlos am Fuß der Mauer sitzen und wartete, dass ihn jemand aufsammeln kam. Morgen, da knallte dem Jüngeren, ohne dass ihm ein Wort entschlüpfte, eine sechs Meter lange Leiter gegen die

Stirn, und er brachte ein blaurotes Ei zwischen den Augen nach Hause …

»Kinder, wo seid ihr?«

Zwei ruhen im Grab. Die andern werden von Tag zu Tag älter. Falls es einen Ort gibt, wo man nach dem Leben wartet, dann ängstigt sich die Frau, die auf uns wartete, immer noch wegen der zwei Lebenden. Was die Älteste von uns allen angeht, starrt sie wenigstens nicht mehr durch die schwarze Fensterscheibe am Abend: »Ach! Ich spür's, dieses Kind ist nicht glücklich … Ach! Ich spür's, sie leidet …«

Was den älteren Burschen angeht, horcht sie nicht mehr mit Herzklopfen auf das Rattern eines Arzt-Kabrioletts im nächtlichen Schnee, und genauso wenig auf den Schritt der grauen Stute. Ich weiß jedoch, für die zwei Übriggebliebenen irrt sie noch immer suchend umher, unsichtbar, kummergeplagt, weil sie uns nicht genug schützt: »Wo seid ihr, Kinder, wo seid ihr? …«

DER WILDE

Als er sie um 1853 ihrer Familie raubte, die nur aus zwei Brüdern bestand, in Belgien verheiratete französische Journalisten, und ihren Freunden, lauter Maler, Musiker und Dichter, eine ganze junge Bohème aus französischen und belgischen Künstlern, da war sie achtzehn. Ein blondes Mädchen, nicht sehr hübsch, aber einnehmend, mit großem Mund und zartem Kinn, fröhlichen grauen Augen, im Nacken ein tiefsitzender Knoten aus glattem, den Nadeln entschlüpfendem Haar, ein freies junges Mädchen, gewöhnt, anständig mit Burschen, Brüdern und Kameraden, unter einem Dach zu leben. Ein Mädchen ohne Mitgift, Aussteuer oder Schmuck, dessen schlanker Oberkörper sich anmutig über dem bauschigen Rock bewegte: ein Mädchen mit schmaler Taille und runden Schultern, klein und kräftig.

Der Wilde erblickte sie eines Tages, als sie aus Belgien nach Frankreich gekommen war, um ein paar Sommerwochen bei ihrer Ziehmutter auf dem Land zu verbringen, und er zu Pferd seine benachbarten Äcker inspizierte. An seine Dienstmägde gewöhnt, die er, kaum erobert, sofort wieder fallenließ, träumte er von diesem ungenierten jungen Mädchen, das ihn angeschaut hatte, ohne den Blick zu senken und ohne zu lächeln. Der frische schwarze Bart des Reiters, sein kirschrotes Pferd, seine vornehme Vampirblässe missfielen dem jungen Mädchen nicht, doch sie vergaß ihn bereits, als er sich nach ihr umhörte. Er bekam ihren Namen heraus und dass sie »Sido« genannt wurde, als Abkürzung für Sidonie. Auf Äußerlichkeiten bedacht, wie so viele »Wilde«, setzte er Notare und Verwandte in Bewegung, und so erfuhr man in Belgien, dieser Sohn von Landjunkern und Glasfabrikanten besitze Bauernhöfe, Wälder, ein schönes Haus mit Außentreppe und Garten, Bargeld ... Verwirrt und stumm lauschte Sido, wickelte ihre blonden Korkenzieherlocken um die Finger. Doch ein Mädchen ohne Vermögen und ohne Beruf, das ihren Brüdern auf der Tasche liegt, muss den Mund halten, ihr Glück beim Schopf fassen und Gott danken.

Sie nahm also Abschied vom warmen belgischen Haus, von der Küche im Souterrain, die nach Gas roch, nach warmem Brot und Kaffee; sie nahm Abschied vom Klavier, von der Geige, dem großformatigen Salvator Rosa, den ihr Vater hinterlassen hatte, vom Tabaktopf und den schlanken irdenen Pfeifen mit langem Stiel, den Koksöfen, den aufgeschlagenen Büchern und zerknitterten Zeitungen, um als junge Ehefrau in das Haus mit Außentreppe zu ziehen, umgeben vom harten Winter waldreicher Landstriche.

Sie fand dort einen unerwarteten weiß-goldnen Salon im Erdgeschoss, doch einen kaum verputzten ersten Stock, vernachlässigt wie ein Dachboden. Zwei gute Pferde, zwei Kühe im Stall taten sich an Grünfutter und Hafer gütlich, man schlug Butter und presste Käse in den Wirtschaftsgebäuden, aber die eiskalten Schlafzimmer erzählten weder von Liebe noch von sanftem Schlaf.

Tafelsilber, mit der Gravur einer auf den Hinterhufen stehenden Ziege, Kristallgläser und Wein gab es im Überfluss. Finstere alte Frauen spannen abends bei Kerzenlicht in der Küche, brachen und haspelten den Hanf von den Landgütern, um Betten und Anrichte mit schwerer Leinwand zu versorgen, unverwüstlich und kalt. Ein zähes Gegacker streitsüchtiger Köchinnen schwoll an und ab, je nachdem, ob der Hausherr heimkam oder fortging; bärtige Feen suchten mit einem Blick der neuen Gattin Unglück anzuhexen, und eine vom Hausherrn verlassene schöne Wäscherin weinte voll Ingrimm, an den Brunnen gelehnt, während der Wilde jagte.

Dieser Wilde, ein Mann von zumeist guten Manieren, behandelte seine kleine Zivilisierte anfangs gut. Doch Sido, die Freunde suchte, eine unschuldige und heitere Geselligkeit, traf in ihrem eigenen Haushalt nur auf Dienstboten, abgefeimte Bauern, mit Wein und Hasenblut bekleckerte Jagdaufseher, umweht von Wolfsgeruch. Der Wilde redete wenig mit ihnen, von oben herab. Vom vergessenen Adel bewahrte er sich Hochmut, Höflichkeit, Brutalität und den Hang, sich mit Niedriggestellten zu umgeben; sein Spitzname kam nur von der Gewohnheit, allein auszureiten, ohne Hund oder Gefährten zu jagen, stumm zu bleiben. Sido liebte das Gespräch, den Spott, die Lebendigkeit, die despotische und hingebungsvolle Güte, die Sanftheit.

Sie schmückte das große Haus mit Blumen, ließ die düstere Küche weißen, überwachte die Zubereitung flämischer Gerichte, knetete Rosinenkuchen und wartete auf ihr erstes Kind. Der Wilde schenkte ihr ein Lächeln zwischen zwei Ausflügen und verschwand. Er kehrte zurück zu seinen Weinstöcken, zu seinen schwammigen Wäldern, verweilte lange in Gasthöfen an Wegkreuzungen, wo alles schwarz ist, im Umkreis einer langen Talgkerze: die Deckenbalken, die rauchigen Wände, das Roggenbrot und der Wein in eisernen Bechern …

Als leckere Rezepte, Geduld und Bohnerwachs erschöpft waren, weinte die in Einsamkeit abgemagerte Sido, und der Wilde sah die Spur der von ihr verleugneten Tränen. Er begriff vage, dass sie sich langweilte, dass ihr eine gewisse, seiner ganzen Schwermut eines Wilden fremde Art von Komfort und Luxus fehlte. Was tun? …

Er ritt eines Morgens auf seinem Pferd davon, trabte bis in die Kreisstadt – vierzig Kilometer –, durchkämmte sie und kam in der folgenden Nacht zurück, wobei er mit größter Unbeholfenheit zwei erstaunliche Gegenstände heimbrachte, welche die Begehrlichkeit einer jungen Frau entzücken mussten: einen kleinen Mörser zum Zerstoßen von Mandeln und Pasten, aus ganz seltenem Lumachella-Marmor, und einen Kaschmirschal aus Indien.

In dem stumpf und schartig gewordenen Mörser könnte ich noch Mandeln zerstoßen, vermischt mit Zucker und Zitronenschale. Aber ich mache mir Vorwürfe, dass ich den Kaschmirschal mit seinem kirschroten Grund zu Kissen und Handtaschen zerschneide. Denn meine Mutter, sie war die Sido ohne Liebe und ohne Tadel eines ersten hypochondrischen Ehemanns, behandelte Schal und Mörser sorgsam und mit sentimentalen Händen.

»Siehst du«, sagte sie zu mir, »er hat mir das mitgebracht,

dieser Wilde, der es nicht verstand, Geschenke zu machen. Dennoch hat er mir das mitgebracht, unter großen Mühen, festgezurrt auf seiner Stute Mustapha. Er stand vor mir, die Arme beladen, so stolz und so linkisch wie ein riesiger Hund, der im Maul ein Pantöffelchen hält. Und ich habe begriffen, dass für ihn diese Geschenke keinen Mörser darstellten und keinen Schal. Sie waren ›Geschenke‹, seltene und teure Gegenstände, die er von weither geholt hatte; das war seine erste selbstlose Geste – und leider! auch die letzte –, um eine junge Frau zu zerstreuen und zu trösten, die in der Fremde lebte und weinte …«

EIFERSUCHT

»Es gibt heute nichts zum Abendessen … Heute Morgen hatte Tricotet noch nicht geschlachtet … Er wollte zu Mittag schlachten. Ich geh selbst zum Metzger, so, wie ich bin. Ärgerlich! Ach! Warum muss man essen? Was sollen wir heute Abend essen?«

Meine Mutter steht mutlos vor dem Fenster. Sie trägt ihr »Hauskleid« aus gepunktetem Satinet, ihre Silberbrosche, die zwei über ein Kinderbildnis gebeugte Engel zeigt, ihre Brille an einer Kette und ihr Lorgnon an der schwarzen Seidenkordel, die sich in allen Türschlüsseln verfängt, an allen Schubladengriffen zerreißt und unzählige Male wieder verknotet wird. Sie mustert uns der Reihe nach, ohne jede Hoffnung. Sie weiß, keiner von uns gibt ihr eine brauchbare Empfehlung. Um Rat gebeten, wird Papa antworten:

»Rohe Tomaten mit viel Pfeffer.«

»Rotkohl in Essig«, hätte Achille gesagt, der ältere meiner Brüder, den seine Doktorarbeit in Paris festhält.

»Eine große Tasse Schokolade!«, wird Léo verkünden, der jüngere.

Und ich, denn ich vergesse oft, dass ich schon über fünfzehn bin, werde mit Luftsprüngen verlangen:

»Pommes frites! Pommes frites! Und Nüsschen mit Käse!«

Doch anscheinend sind Pommes frites, Schokolade, Tomaten und Rotkohl »kein richtiges Abendessen« …

»Warum, Mama?«

»Stell doch keine dummen Fragen …«

Sie ist ganz vertieft in ihre Sorgen. Sie hat schon nach dem geschlossenen schwarzen Rohrkorb gegriffen und geht, so, wie sie ist. Sie behält ihren Gartenhut auf dem Kopf, leicht angesengt durch drei Sommer, breite Krempe, flach, verziert mit einer kastanienbraunen Rüsche, ihre Gärtnerinnenschürze umgebunden, deren eine Tasche ein Loch hat, vom krummen Schnabel der Heckenschere. Trockene Schwarzkümmelsamen und ihre Papiertütchen rascheln, im Takt der Schritte, wie Regen und aufgeraute Seide, tief in der andern Tasche. Mit stellvertretender Koketterie rufe ich:

»Mama! Zieh die Schürze aus!«

Im Gehen dreht sie ihr von zwei breiten Haarsträhnen umrahmtes Gesicht, das bei Kummer seine fünfundfünfzig Jahre verrät, und dreißig, wenn sie vergnügt ist.

»Warum denn? Ich geh nur in die Rue de la Roche.«

»Lass deine Mutter zufrieden«, brummt mein Vater in seinen Bart. »Wo geht sie eigentlich hin?«

»Zu Léonore, wegen des Abendessens.«

»Gehst du nicht mit?«

»Nein. Heute hab ich keine Lust.«

Es gibt Tage, an denen die Metzgerei von Léonore, ihre Messer, ihr Hackbeil, ihre aufgeblähten Rinderlungen, die im Luftzug schillern und schaukeln, rosarot wie das Fleisch der Begonie, mir so gut gefallen, als wäre es eine Konfiserie. Léonore schneidet einen hauchdünnen salzigen Streifen Speck und reicht ihn mir mit kalten Fingerspitzen. Im Garten der Metzgerei spielt Marie Tricotet, obwohl sie am selben Tag geboren ist wie ich, noch immer mit nicht geleerten Schweins- oder Kalbsblasen, sticht mit einer Nadel hinein und tritt mit dem Fuß drauf, denn »so spritzt ein Springbrunnen«. Das schaurige Geräusch der vom frischen Fleisch abgezogenen Haut, die Rundheit der Nieren, braune Früchte in der makellosen Polsterung ihrer zartrosa Fetthülle, erregen mich in einer verzwickten Abscheu, die ich suche und zugleich verberge. Aber das feine Schmalz, das in der Kerbe des gespaltenen kleinen Hufs zurückbleibt, wenn das Feuer die Füße des toten Schweins zerreißt, das esse ich wie eine gesunde Leckerei ... Ganz egal. Heute habe ich keine Lust, Mama zu begleiten.

Mein Vater fragt nicht weiter, stellt sich geschmeidig auf sein einziges Bein, greift nach seiner Krücke und seinem Stock und geht hinauf in die Bibliothek. Zuvor faltet er sorgfältig *Le Temps*, versteckt die Zeitung unterm Kissen seines Lehnstuhls, stopft in eine Tasche seines langen Paletots *La Nature* mit ihrem azurblauen Kleid. Das kleine funkelnde Kosakenauge unter seiner hanffaserig grauen Braue rafft auf den Tischen alle gedruckte Nahrung zusammen, und sie verschwindet in der Bibliothek, um nie wieder ans Licht zu kommen ... Doch gut dressiert auf diese Jagd, haben wir für ihn nichts liegengelassen ...

»Hast du irgendwo den *Mercure de France* gesehen?«

»Nein, Papa.«

»Und die *Revue bleue*?«

»Nein, Papa.«

Er durchbohrt seine Kinder mit einem Folterknechtblick.

»Ich würde allzu gern wissen, wer in diesem Haus ...«

Er ergeht sich in düsteren, unpersönlichen Vermutungen, gespickt mit giftigen Demonstrativpronomen. Sein Haus ist *dieses* Haus geworden, darin herrscht *diese* Unordnung, darin bekunden *diese* Kinder »von niedriger Abkunft« ihre Verachtung für bedrucktes Papier, ermutigt außerdem noch durch *diese* Frau …

»… Übrigens, wo ist diese Frau?«

»Aber Papa, sie ist bei Léonore!«

»Immer noch!«

»Sie ist doch eben erst gegangen …«

Er zieht seine Uhr aus der Tasche, schaut drauf, als wollte er zu Bett gehen, grapscht sich, weil nichts Besseres da ist, *L'Office de publicité* von vorgestern und geht hinauf in die Bibliothek. Die rechte Hand meines Vaters schließt sich fest um den Querstab einer Krücke, die unter seiner rechten Achsel klemmt. Die andere Hand benutzt nur einen Stock. Ich lausche diesem sich bestimmt und gleichmäßig entfernenden Rhythmus von zwei Stäben und einem einzigen Fuß, der meine ganze Jugend begleitet hat. Doch heute überfällt mich neues Unbehagen, denn plötzlich habe ich die vorspringenden Adern und die Runzeln auf den so weißen Händen meines Vaters bemerkt, und auch, wie sehr der dichte Haarsaum im Nacken seit kurzem an Farbe verloren hat … Also ist es möglich, dass er bald sechzig wird? …

Es ist kühl und trübselig auf der Außentreppe, wo ich die Rückkehr meiner Mutter erwarte. Ihr kleiner eleganter Schritt erklingt endlich aus der Rue de la Roche, und ich wundere mich, dass ich so froh bin … Sie biegt um die Straßenecke, läuft herunter zu mir. Scheusal-Patasson, der Hund, trottet voraus, und sie hat es eilig.

»Lass mich, Liebling, wenn ich die Lammschulter nicht sofort Henriette gebe, damit sie ins Rohr kommt, essen wir Stiefelleder … Wo ist dein Vater?«

Ich folge ihr, zum ersten Mal irgendwie empört, weil sie sich nach Papa erkundigt. Wo sie ihn doch vor einer halben Stunde gesehen hat und er das Haus fast nie verlässt … Sie weiß genau, wo mein Vater ist … Viel dringlicher wäre, dass sie zum Beispiel sagt: »Minet-Chéri, du bist ein wenig blass … Minet-Chéri, was hast du?«

Wortlos schaue ich zu, wie sie ihren Gartenhut in die Ecke schleudert, mit einer jugendlichen Bewegung, die graues Haar zum Vorschein bringt und ein Gesicht in frischer Farbe, aber hier und da von unauslöschlichen Falten durchzogen. Also ist es möglich – ja, sicher, ich bin die Letztgeborene von uns vieren – also ist es möglich, dass meine Mutter bald vierundfünfzig wird? … Daran denke ich nie. Ich möchte es gern vergessen.

Da ist er, der, nach dem sie gefragt hat. Da ist er, mit zerzaustem Haar, strubbeligem Bart. Er hat auf das Zuschlagen der Eingangstür gelauert, er ist herabgestiegen aus seinem Reich …

»Da bist du ja? Lang hast du gebraucht.«

Sie dreht sich um, blitzschnell wie eine Katze:

»Lang? Das ist wohl ein Witz, ich bin nur einmal hin und zurück.«

»Wohin? Zu Léonore!«

»Ach! Nein, ich musste auch noch zu Corneau, wegen …«

»Wegen seiner blöden Visage? Und seinen Vorträgen über die Temperatur?«

»Du gehst mir auf die Nerven! Ich war auch bei Cholet, Johannisbeerblätter holen.«

Das kleine Kosakenauge funkelt boshaft:

»So! So! Bei Cholet!«

Mein Vater wirft den Kopf zurück, fährt sich mit der Hand durch sein dichtes, fast weißes Haar:

»So! So! Bei Cholet! Ist dir wenigstens aufgefallen, dass ihm die Haare ausgehen, dem Cholet, und dass man seine Platte sieht?«

»Nein, ist mir nicht aufgefallen.«

»Ist dir nicht aufgefallen! Nein, ist dir natürlich nicht aufgefallen! Du warst viel zu sehr mit Scharwenzeln beschäftigt, wegen der Laffen vom Wirtshaus gegenüber und der zwei Mabilat-Söhne!«

»Oh! Das geht zu weit! Ich, ich, wegen der zwei Mabilat-Söhne! Hör zu, also wirklich, ich begreife nicht, wie kannst du es wagen … Ich versichre dir, nicht einmal den Kopf hab ich in Richtung Mabilat gewandt! Und der Beweis, ich habe …«

Meine Mutter kreuzt voller Leidenschaft ihre hübschen, von Alter und frischer Luft welk gewordenen Hände vor der Brust, die ein Korsett mit Körbchen betont. Rot angelaufen zwischen ihren ergrauten Haarsträhnen, aufgewühlt von einer Empörung, die ihr schlaffes Kinn erzittern lässt, ist diese kleine alte Dame niedlich, während sie sich ganz im Ernst gegen einen eifersüchtigen Sechzigjährigen verteidigt. Auch er meint es ganz ernst, wenn er sie jetzt beschuldigt, »auf galante Abenteuer aus zu sein«. Nur ich lache über ihr Gezänk, denn ich bin erst fünfzehn und habe noch nichts durchschaut: unter greisen Augenbrauen die Grausamkeit der Liebe und auf den verblühten Wangen einer Frau jugendliches Erröten.

DIE KLEINE

Ein Geruch von zertretenem Rasen schwebt über der dichten ungemähten Wiese, die das Spiel wie schwerer Hagel in alle Richtungen umgeworfen hat. Wilde kleine Schuhabsätze haben die Wege aufgewühlt, den Kies über die Rabatten geschleudert; ein Springseil hängt am Brunnenschwengel; die Teller einer Puppenküche, groß wie Margeriten, bestirnen das Gras; ein langgezogenes ärgerliches Miauen kündet vom Ende des Tages, vom Erwachen der Katzen, vom nahen Abendessen.

Soeben sind sie gegangen, die Spielgefährtinnen der Kleinen. Voller Verachtung für die Tür sind sie über den Gartenzaun gehüpft, haben in der menschenleeren Rue des Vignes ihre letzten dämonischen Schreie ausgestoßen, ihre aus vollem Hals gebrüllten kindlichen Flüche, begleitet von flegelhaftem Schulterrollen, breitbeinigen Posen, Krötengrimassen, absichtlichem Schielen, herausgestreckten violett-tintenfleckigen Zungen. Über die Mauer hinweg hat die Kleine – auch Minet-Chéri genannt – auf ihre Flucht alles ausgekippt, was noch übrig war an schallendem Gelächter, derbem Spott und Patois-Ausdrücken. Sie hatten heisere Stimmen, Backen und Augen kleiner Mädchen, die jemand betrunken gemacht hat. Sie gehen völlig erschöpft, wie entwürdigt durch einen ganzen verspielten Nachmittag. Weder Müßiggang noch Langeweile veredelten diesen endlosen und erniedrigenden Spaß, der die Kleine angeekelt und hässlich zurücklässt.

Sonntage sind manchmal verträumte und leere Tage; die weißen Schuhe, das gestärkte Kleid sind Schutz vor gewissen Exzessen. Der Donnerstag jedoch, ordinärer Stillstand, Streik in schwarzer Kittelschürze und genagelten Stiefelchen, erlaubt alles. Fast fünf Stunden lang haben diese Kinder die Donnerstagsfreiheiten genossen. Eine markierte die Kranke, die andre verkaufte einer dritten Kaffee, einer Viehhökerin, die ihr anschließend eine Kuh andrehte: »Dreißig Pistolen, Allmächtiger! Ein Schwein, wer sein Wort zurücknimmt!« Jeanne lieh sich vom alten Gruel das Gemüt eines Kuttelhändlers und Hasenfellmachers. Yvonne verkörperte Gruels Tochter, ein dünnes Geschöpf, zerquält und liederlich. Scire und seine Frau, Gruels Nachbarn, erschienen in Gestalt von Gabrielle und Sandrine, und aus sechs Kindermündern schwappte der Dreck einer armseligen Straße. Abscheulicher Klatsch über Gaunereien und schmutzige Liebschaften verzerrte so manche Lippe, blutigrot vom Kirschsaft und noch glänzend vom Honig des Jausenbrots … Ein Kartenspiel schlüpfte aus einer Tasche, und es ertönte lautes Gejohl. Konnten drei kleine Mädchen von sechsen nicht bereits schwindeln, den Daumen ablecken wie in der Kneipe, die Trumpfkarte auf den Tisch knallen: »Und wieder Trumpf! Und du hast eine Klatsche kassiert; hast keinen einzigen Punkt gemacht!«

Alles, was man in den Straßen eines Dorfes so aufschnappt, haben sie voller Leidenschaft hinausgeschrien, nachgeahmt. Es war einer von den Donnerstagen, denen Minet-Chéris Mutter ausweicht, im Haus verkrochen und ängstlich wie vor einem einfallenden Feind.

Jetzt ist alles still im Garten. Eine Katze, zwei Katzen strecken sich, gähnen, tapsen misstrauisch über den Kies: So tun sie's auch nach einem Gewitter. Sie laufen zum Haus, und die Kleine, die hinter ihnen herschlenderte, bleibt stehen; sie fühlt sich unwürdig. Sie wartet eine Weile, bis langsam auf ihrem erhitzten, vor Erregung schwarzen Gesicht jene Blässe erscheint, jenes innere Morgengrau, das den Abzug der niederträchtigen Dämonen feiert. Sie öffnet, zu einem letzten Schrei, den großen Mund mit neuen Schneidezähnen. Sie reißt die Augen weit auf, schiebt die Stirnhaut nach oben, prustet vor Müdigkeit »puh!« und wischt sich mit dem Handrücken die Nase.

Sie steckt, wie in einem Sack, vom Hals bis zu den Knien in einer Schulschürze, und frisiert ist sie wie ein Armeleutekind, zwei hinter den Ohren festgezurrte Zöpfe. Was wird aus den Händen, in die Brombeergestrüpp und Katze ihre Krallen schlugen, aus den Füßen, verschnürt in abgeschürftes gelbes Kalbsleder? Es gibt Tage, da heißt es, die Kleine wird einmal hübsch. Heute ist sie hässlich und spürt auf ihrem Gesicht die vorläufige Hässlichkeit, die Schweiß und erdige Fingerspuren auf einer Wange ihr verleihen, vor allem aber die aufeinanderfolgenden mimetischen Ähnlichkeiten, denn dadurch gleicht sie Jeanne, Sandrine, der im Tagelohn arbeitenden Schneiderin Aline, der Frau des Apothekers und dem Fräulein von der Post. Am Ende haben sie nämlich, diese Kleinen, ausgiebig das Spiel »Was-ich-einmal-werde« gespielt.

»Ich, wenn ich groß bin …«

Geschickt beim Nachäffen, fehlt es ihnen an Phantasie. Eine Art resignierte Bravheit, ein dörfliches Grauen vor dem Abenteuer und dem Fremden halten sie vorbeugend zurück, die kleine Uhrmacherin, die Tochter des Krämers, des Metzgers und der Büglerin, gefangen im mütterlichen Laden. Jeanne hat zwar erklärt:

»Ich werd Kokotte!«

»Das ist ja«, denkt Minet-Chéri verächtlich, »alberner Kinderkram …«

Um einen Wunsch verlegen, hat sie ihnen, als die Reihe an ihr war, hochmütig hingeworfen:

»Ich werde Seemann!« Denn sie träumt manchmal davon, ein Junge zu sein und blaue Hosen und Mütze zu tragen. Das Meer, das Minet-Chéri nicht kennt, das Schiff auf dem Kamm einer Woge, die goldene Insel und die leuchtenden Früchte, all das ist erst später aufgetaucht, als Hintergrund für das blaue Hemd, die Mütze mit Pompon.

»Ich werde Seemann, und auf meinen Reisen …«

Im Gras hockend, faulenzt sie und denkt wenig. Reise? Abenteuer? … Für ein Kind, das zweimal im Jahr die Grenzen seines Bezirks überschreitet, wenn die großen Winter- und Frühlingsvorräte angeschafft werden, und das in die Kreisstadt mit einer Viktoria gelangt, haben diese Worte weder Kraft noch Wert. Sie zitieren nur bedruckte Seiten, bunte Bilder. Erschöpft wiederholt die Kleine ganz für sich allein:

»Wenn ich dann um die Welt reise ...«, als würde sie sagen: »Wenn ich dann Kastanien vom Baum schlage ...«

Ein roter Punkt flammt auf im Haus, hinter den Fensterscheiben des Salons, und die Kleine erschauert. Alles, was im Augenblick zuvor grün war, färbt sich nun blau, rund um diese reglose rote Flamme. Die schlenkernde Kinderhand ertastet im Gras die Feuchtigkeit des Abends. Das ist die Stunde der Lampen. Ein Plätschern von fließendem Wasser durchwirbelt die Blätter, das Tor des Heubodens schlägt gegen die Mauer wie im Winter bei Sturm. Der mit einem Mal feindliche Garten schüttelt rings um das ernüchterte kleine Mädchen seine kalten Lorbeerblätter, reckt seine Yuccasäbel und seine stacheldrahtigen Araukarienraupen. Eine dröhnende Meeresstimme heult von Moutiers, wo der Wind ohne Hindernis in heftigen Stößen über die wogenden Wälder streift. Die Kleine im Gras starrt unverwandt auf die Lampe, die eine kurze Eklipse soeben verbirgt: Eine Hand hat sich vor die Flamme geschoben, eine Hand mit glänzendem Fingerhut. Die Bewegung dieser Hand hat es geschafft, dass die Kleine jetzt dasteht, blass, besänftigt, leicht bebend, wie ein Kind, das zum ersten Mal aufhört, der fröhliche kleine Vampir zu sein, der unbewusst das mütterliche Herz aussaugt; leicht bebend, weil es spürt und sich eingesteht, diese Hand und diese Flamme und der vornüber geneigte, sorgenvolle Kopf neben der Lampe sind Mittelpunkt und Geheimnis, aus ihnen entstehen und weiten sich, in Zonen, die immer weniger wahrnehmbar sind, in Kreisen, an die immer weniger lebendiges Licht und Vibrieren dringt, der behagliche Salon, seine Flora abgeschnittener Zweige und seine Fauna friedlicher Tiere; das geräuschvolle Haus, trocken, knisternd wie warmes Brot; der Garten, das Dorf ... Jenseits davon ist alles Gefahr, ist alles Einsamkeit ...

Der »Seemann« erforscht mit kleinen Schritten das Festland

und begibt sich zum Haus, einem aufgehenden, riesigen gelben Mond den Rücken kehrend. Abenteuer? Reise? Stolz, der Auswanderer antreibt? … Die Augen auf den glänzenden Fingerhut geheftet, auf die Hand, die sich immer wieder vor die Lampe schiebt, genießt Minet-Chéri – genau wie die kleine Uhrmacherin, wie die Tochter der Weißnäherin und des Bäckers – die köstliche Zerknirschtheit, ein Kind ihres Dorfes zu sein, feindselig gegen Kolonisten wie gegen Barbaren, eine von denen, die ihre Welt auf den Grenzstein eines Ackers beschränken, auf das Türchen eines Ladens, auf den Lichtkreis, der sich unter einer Lampe entfaltet und den eine geliebte, nähende Hand durchwandert, gekrönt von einem silbernen Fingerhut.

DIE ENTFÜHRUNG

»So kann ich nicht weiterleben«, sagte meine Mutter zu mir. »Heute Nacht habe ich schon wieder geträumt, du wirst entführt. Dreimal bin ich hinauf zu deiner Tür. Und habe nicht geschlafen.«

Mitleidig betrachtete ich sie, denn sie wirkte erschöpft und verängstigt. Und ich schwieg, denn ich wusste keine Abhilfe für ihre Sorge.

»Das macht dir wohl nicht viel aus, kleines Biest?«

»Doch, Mama … Aber was soll ich sagen? Offenbar bist du mir böse, weil es nur ein Traum ist.«

Sie hob die Arme zum Himmel, lief zur Tür, verfing sich nebenbei mit der Kordel ihres Kneifers am Schlüssel einer Schublade, dann mit der Goldkette ihrer Lorgnette im Türschnäpper, riss mit den Maschen ihres Schultertuchs die spitze und verschnörkelte Rückenlehne eines Second-Empire-Sessels mit sich, unterdrückte die Hälfte einer Verwünschung und entschwand nach einem empörten Blick, nur noch murmelnd:

»Neun Jahre! ... Und gibt mir eine solche Antwort, wenn ich von ernsten Dingen rede!«

Die Hochzeit meiner Halbschwester hatte mir gerade erst ihr Zimmer verschafft, das Zimmer im ersten Stock, übersät mit Kornblumen auf grau-weißem Grund.

Nach Verlassen meiner kindlichen Höhle – eine frühere kleine Pförtnerloge mit dicken Holzbalken, gefliest, hoch über der Toreinfahrt und nur durch das Schlafzimmer meiner Mutter erreichbar – schlief ich seit einem Monat in dem Bett, das zu begehren ich kaum gewagt hatte, in diesem Bett, dessen silbrig-gusseiserne Rosetten herabfallende Vorhänge aus weißer Gipüre trugen, gefüttert mit unbarmherzigem Blau. Der Wandschrank samt Waschraum gehörte mir, und auf das eine oder das andere Fenster gestützt, stellte ich immer Melancholie oder Herablassung zur Schau, beide übrigens gleichermaßen gespielt, wenn die kleinen Blancvillains oder die Trinitets vorbeigingen und in ihre dick mit roten Bohnen in gestockter Weinsoße bestrichenen Vier-Uhr-Brote bissen. Ich sagte bei jeder Gelegenheit:

»Ich gehe hinauf in mein Zimmer ... Céline hat in meinem Zimmer die Fensterläden offengelassen ...«

Ein gefährdetes Glück: Meine besorgte Mutter schlich ständig um mich herum. Seit der Hochzeit meiner Schwester stimmte die Zahl ihrer Kinder nicht mehr. Und dazu prangte irgendeine Geschichte von einem entführten, weggesperrten Mädchen auf den Titelseiten der Zeitungen. Ein von unserer Köchin bei Einbruch der Nacht abgewiesener Landstreicher wollte nicht gehen, schob seinen Knüttel zwischen die Flügel der Eingangstür, bis mein Vater nach Hause kam ... Schließlich hatten mir Zigeuner, denen ich auf der Straße begegnet war, mit strahlendem Lächeln und hasserfülltem Blick vorgeschlagen, meine Haare zu kaufen, und Monsieur Demange, dieser alte Herr, der mit niemandem sprach, hatte sich erlaubt, mir Bonbons aus seiner Tabakdose anzubieten.

»Das ist doch alles nicht schlimm«, versicherte mein Vater.

»Ach du! … Solange dich keiner bei deiner Zigarette nach dem Mittagessen und deiner Partie Domino stört … Du denkst überhaupt nicht daran, dass die Kleine jetzt oben schläft und dass ein ganzes Stockwerk, Esszimmer, Flur, Salon sie von meinem Zimmer trennen. Mir reicht's, ich will mich nicht unentwegt um meine Töchter ängstigen. Die Ältere ist schon auf und davon mit diesem Herrn …«

»Was heißt auf und davon?«

»Ja, nun, sie hat geheiratet. Geheiratet oder nicht geheiratet, jedenfalls ist sie auf und davon mit einem Herrn, den sie kaum kennt.«

Sie musterte meinen Vater mit zärtlichem Argwohn.

»Also, mit einem Wort, du, was bist du für mich? Du bist mit mir ja nicht einmal verwandt …«

Mich ergötzten bei den Mahlzeiten durch die Blume erzählte Geschichten, diese von den Eltern benutzte Sprache, in der ein geheimnisvolles Wort den gewöhnlichen Ausdruck ersetzt, in der ein vielsagend verzogener Mund und das theatralische »hm« die Aufmerksamkeit der Kinder wecken und fesseln.

»In Gent, als ich jung war«, berichtete meine Mutter, »da wurde eine unsrer Freundinnen entführt, sie war erst sechzehn. Ja, wirklich! Und noch dazu in einem zweispännigen Wagen. Am nächsten Tag … hm! … Natürlich. Es kam nicht mehr in Frage, sie zurückzubringen, in ihre Familie. Es gibt … wie soll ich sagen? Überschreitungen, die … Kurzum, sie haben geheiratet. Das war unvermeidlich.«

»Das war unvermeidlich!«

Unbedachtes Wort … Ein kleiner alter Stich im Dunkel des Flurs interessierte mich plötzlich. Er zeigte eine Postkutsche, davor zwei unheimliche Pferde mit Hälsen wie Chimären. Vor der weit aufgerissenen Tür hielt ein in Taft gekleideter junger Mann auf einem Arm, mit größter Leichtigkeit, ein halb ohnmächtiges junges Mädchen, dessen o-förmig geöffneter kleiner Mund und dessen Röcke, ein zerknitterter Kranz rund um zwei hübsche Beine, sich bemühten, Schreck auszudrücken. *»Die Entführung!«* Mein unschuldiges Träumen verlor sich in Wort und Bild …

In einer windigen Nacht, während die schlecht geschlossenen Türchen des Hühnerstalls klapperten, über mir der Dachboden schnarchte, von West nach Ost heftig gerüttelt durch Böen, die über die Ränder der locker sitzenden Schieferplatten fegten und kristallklare Glasharmonikamelodien spielten, schlief ich, gerädert nach einem auf den Feldern verbrachten Donnerstag, wo ich Kastanien vom Baum geschlagen und den neuen Cidre gefeiert hatte. Träumte ich, dass meine Tür knarrte? So viele Türangeln, so viele Wetterfahnen quietschten ringsum … Zwei Arme, ausnehmend erfahren im Hochheben eines schlafenden Körpers, umfassten hier meine Hüften, dort meinen Nacken, drückten zugleich Decke und Laken fest an mich. Meine Wange spürte die kühlere Luft auf der Treppe; ein schwerer, gedämpfter Schritt ging langsam hinunter, und jeder Schritt wiegte mich mit einem sanften Rütteln. Wurde ich ganz wach? Das bezweifle ich. Allein der Traum kann, indem er mit einem Flügelschlag ein kleines Mädchen weit hinausträgt über seine Kindheit, dieses Mädchen, weder überrascht noch empört, absetzen mitten in der heuchlerischen und abenteuerlustigen Adoleszenz. Allein der Traum bringt in einem zarten Kind die Undankbare zur Entfaltung, die es morgen sein wird, die schurkische Komplizin des zufällig Vorbeikommenden, die Vergessliche, die aus dem mütterlichen Haus gehen wird, ohne den Kopf zu wenden … So schwebte ich in das Land, wo der von Bronzeglöckchen klingelnden Postkutsche vor der Kirche ein taftener junger Mann entsteigt und ein junges Mädchen, das im Wirrwarr seiner Röcke einer geplünderten Rose gleicht … Ich schrie nicht. Die zwei Arme waren so angenehm in ihrem Bemühen, mich fest zu umschlingen, beim Durchschreiten der Türen vorsichtig auszuweichen, wegen meiner baumelnden Beine. Ein vertrauter Rhythmus, fürwahr, wiegte mich in den Schlaf auf diesen räuberischen Armen …

Bei Tagesanbruch erkannte ich meinen einstigen Verschlag nicht wieder, nunmehr vollgestopft mit Leitern und wackligen Möbeln, wohin meine bekümmerte Mutter mich nächtens geschleppt hatte, wie eine Katzenmutter, die heimlich für ihr Kleines ein neues Nest sucht. Müde schlief sie nun und erwachte erst, als ich zwischen den Wänden meiner vergessenen kleinen Loge einen gellenden Schrei ausstieß:

»Mama! Komm schnell! Ich wurde entführt!«

DER PFARRER AUF DER MAUER

»Woran denkst du, Bel-Gazou?«

»An nichts, Mama.«

Gute Antwort. Ich antwortete kaum anders, als ich ihr Alter hatte und so genannt wurde, wie meine Tochter im vertrauten Kreis genannt wird, Bel-Gazou. Woher kommt dieser Name, und warum hat mein Vater ihn mir einstmals gegeben? Sicher stammt er aus dem Patois und dem Provenzalischen – beau gazouillis, hübsches Gezwitscher –, doch passen würde er gut zum Helden oder zur Heldin eines persischen Märchens …

»An nichts, Mama.« Es ist nicht schlecht, wenn Kinder von Zeit zu Zeit ihre Eltern höflich in die Schranken weisen. Jeder Tempel ist heilig. Wie indiskret und plump muss ich ihr erscheinen, meiner heutigen Bel-Gazou! Meine Frage fällt wie ein Stein und hinterlässt einen Sprung im Zauberspiegel, aus dem, umgeben von seinen Lieblingsgespenstern, das Bild eines Kindes leuchtet, das ich niemals kennen werde. Ich weiß, für ihren Vater ist meine Tochter eine Art kleiner weiblicher Paladin, der über sein Land herrscht, eine Lanze aus Haselnussholz schwingt, Strohschober mit einem Hieb spaltet und die Herde vor sich hertreibt, als ginge es auf einen Kreuzzug. Ich weiß, ein Lächeln von ihr verzaubert ihn, und wenn er ganz leise sagt: »In diesem Augenblick ist sie hinreißend«, dann legt dieser Augenblick auf ein zartes Kleinmädchengesicht das rührende Abbild eines Männergesichts.

Ich weiß, für ihr treues Kindermädchen ist meine Bel-Gazou abwechselnd Mittelpunkt der Welt, vollendetes Meisterwerk, besessenes Ungeheuer, dessen Dämon ständig aufs Neue ausgetrieben werden muss, Champion im Wettrennen, schwindelerregender Abgrund an Bosheit, ein *dear little one* und ein Häschen ... Doch wer sagt mir, was ist meine Tochter vor sich selber?

In ihrem Alter – mit nicht ganz acht Jahren – war ich Pfarrer auf einer Mauer. Die Mauer, dick und hoch, trennte den Garten vom Hühnerhof, und ihr First, breit wie ein Trottoir, flach und mit Steinplatten gedeckt, diente mir als Arena und Terrasse, unerreichbar für jeden Normalsterblichen. Ja, Pfarrer auf einer Mauer. Was daran ist unglaubhaft? Ich war Pfarrer ohne liturgische Pflichten und ohne Predigt, auch ohne respektlose Verkleidung, aber dennoch, obwohl keiner davon wusste, Pfarrer. Pfarrer, so wie Sie, Monsieur, eine Glatze haben und Sie, Madame, Arthritis.

Das Wort »Presbyterium« war in jenem Jahr an mein empfindsames Ohr gedrungen und hatte Verheerungen angerichtet.

»Es ist bestimmt das fröhlichste Presbyterium, das ich kenne …«, hatte jemand gesagt.

Nichts lag mir ferner, als irgendwen in meiner Familie zu fragen: »Was ist das, ein Presbyterium?« Ich hatte das rätselhafte Wort in mich aufgenommen, am Anfang gleichsam bestickt mit einem rauen Relief, dann auslaufend in drei langgezogene, verträumte Silben … Bereichert durch ein Geheimnis und einen Zweifel, schlief ich mit dem *Wort* und trug es auf meine Mauer. »Presbyterium!« Ich schleuderte es über das Dach des Hühnerstalls und über Mitons Garten, in Richtung des immer dunstigen Horizonts bei Moutiers. Von meiner Mauer herab hallte das Wort als Bannfluch: »Hinweg! Ihr seid alle Presbyterien!«, rief ich hinüber zu den unsichtbaren Geächteten.

Wenig später verlor das Wort sein Gift, und mir kam der Gedanke, es sei vielleicht der wissenschaftliche Name der kleinen gelb-schwarz gestreiften Schnecke … Eine Unvorsichtigkeit zerstörte alles, während einer dieser Minuten, in denen ein Kind, so ernst, so versponnen es auch sein mag, ganz kurz der Vorstellung entspricht, die sich Erwachsene von ihm machen.

»Mama! Schau, was für ein hübsches kleines Presbyterium ich gefunden habe!«

»Ein hübsches kleines … was?«

»Ein hübsches kleines Presb …«

Ich verstummte, zu spät. Ich musste lernen – »Ich frage mich, ob dieses Kind alle beisammen hat …« –, was ich auf keinen Fall wissen wollte, und »die Dinge bei ihrem Namen« nennen …

»Ein Presbyterium, also hör mal, das ist der Chorraum in der Kirche.«

»Der Chorraum in der Kirche … Pfarrer Millot steht also im Presbyterium?«

»Natürlich … Mach den Mund zu, atme durch die Nase … Natürlich, also hör mal …«

Ich versuchte noch, mich zu wehren … Ich kämpfte gegen den Diebstahl, ich drückte die Fetzen meiner Närrischkeit an mich, ich wollte Pfarrer Millot, solange mir das gefiel, ins leere Haus der kleinen Schnecke zwingen, mit Namen »Presbyterium« …

»Könntest du dir angewöhnen, den Mund zu schließen, wenn du nicht sprichst? Woran denkst du?«

»An nichts, Mama …«

Und dann gab ich nach. Ich war feige, arrangierte mich mit meiner Enttäuschung. Während ich die Splitter der kleinen zertretenen Schnecke fortwarf, behielt ich das schöne Wort, ich stieg wieder hinauf zu meiner schmalen Terrasse, beschattet von altem Flieder, geschmückt mit abgeschliffenen Steinchen und Glasscherben wie das Nest einer diebischen Elster, ich taufte sie »Presbyterium« und ernannte mich zum Pfarrer auf der Mauer.

MEINE MUTTER UND DIE BÜCHER

Die Lampe strahlte durch die obere Öffnung ihres Schirms auf eine Wand und die Riffelung aus den Rücken gebundener Bücher. Die gegenüberliegende Seite war gelb, im schmutzigen Gelb der Rücken broschierter, gelesener, wiedergelesener, lumpiger Bücher. Einige waren »aus dem Englischen übersetzt« – ein Franc fünfundzwanzig – und verschönten die unterste Reihe durch rote Farbtupfer.

Auf halber Höhe schimmerten Musset, Voltaire und die vier

Evangelien unter rotbraunem Schafleder. Littré, Larousse und Becquerel wölbten schwarze Schildkrötenrücken. D'Orbigny, zerfleddert durch die respektlose Verehrung von vier Kindern, verlor seine mit Dahlien, Papageien, rosahaarigen Quallen und Schnabeltieren geschmückten Seiten.

Camille Flammarion, blau, mit goldenen Sternen übersät, enthielt die gelben Planeten, die kalten, kreidigen Mondkrater, Saturn, der, einer schillernden Perle gleich, sich frei dreht in seinem Ring …

Zwei robuste erdbraune Deckel umhüllten Élisée Reclus. Musset, Voltaire mit Marmorschnitt, Balzac schwarz und Shakespeare olivgrün …

Ich muss nur die Augen schließen, und schon sehe ich vor mir, nach so vielen Jahren, diesen aus Büchern gemauerten Raum. Früher konnte ich sie auch im Dunkel erkennen. Ich nahm keine Lampe, um mir am Abend irgendeins auszusuchen, ich tippte nur mit den Fingern die Reihen entlang … Zerstört, verloren und gestohlen, ich kann sie noch heute aufzählen. Fast alle waren schon da, als ich zur Welt kam.

Es gab eine Zeit, bevor ich lesen konnte, da kuschelte ich mich zu einer Kugel zusammengerollt zwischen zwei Bände des Larousse, wie ein Hund in seiner Hütte. Labiche und Daudet haben sich früh in meine glückliche Kindheit geschlichen, gönnerhafte Lehrmeister, die mit einem vertrauten Schüler spielen. Mérimée kam zur gleichen Zeit, verführerisch und hart, und zuweilen blendete er die Achtjährige mit einem unverständlichen Licht. Ebenso *Die Elenden*, ja, trotz Gavroche; aber ich rede hier von einer zum Widerspruch neigenden Leidenschaft, die Abkühlungen erlebt hat und lange Phasen der Gleichgültigkeit. Nicht die kleinste Liebe zwischen Dumas und mir, nur *Das Halsband der Königin* funkelte ein paar Nächte lang in meinen Träumen, am verurteilten Hals der Jeanne de la Motte. Weder die brüderliche Begeisterung noch das tadelnde Staunen meiner Eltern bewirkten, dass ich mich für die Musketiere interessierte …

Von Kinderbüchern war nie die Rede. Verliebt in die Prinzessin auf ihrem Wagen, unter einer so langen Mondsichel träumend, und in Dornröschen, das im Walde schlief, hingestreckt zwischen seinen Pagen; vernarrt in Meister Kater mit seinen hohen Schaftstiefeln, suchte ich in Perraults Text wiederum die samtigen Schwarztöne, das aufblitzende Silber, die Ruinen, die Reiter, die kleinfüßigen Pferde von Gustave Doré; nach zwei Seiten kehrte ich enttäuscht zurück zu Doré. Die Abenteuer der weißen Hindin, der Schönen habe ich nur in den frischen Bildern von Walter Crane gelesen. Die großen Buchstaben des Textes liefen von einem Gemälde zum andern wie jenes schlichte Tüllgewebe, das verstreute Medaillons einer Spitzenarbeit trägt. Kein einziges Wort hat die Schwelle überschritten, die ich ihm verwehrte. Wohin gehen später dieser ungeheure Wille, nicht wissen zu wollen, diese stille Kraft, mit der einer abwehrt, sich abwendet? …

Bücher, Bücher, Bücher … Nicht dass ich viel gelesen hätte. Ich las immer wieder dieselben. Aber ich brauchte sie alle. Ihre Gegenwart, ihren Geruch, die Lettern ihrer Titel und die Narben ihres Leders … Waren die unergründlichsten mir nicht die wichtigsten? Lang schon vergessen habe ich den Verfasser einer rotgewandeten Enzyklopädie, aber die auf jedem Band prangenden alphabetischen Referenzen bilden ein unauslöschliches Zauberwort: *Aphbicladiggalhymaroidphorebstevanzy*. Wie sehr liebte ich jenen grün- und goldgeschmückten Guizot, den ich nie aufschlug! Und die unberührte *Reise des Anacharsis*! Sollte die *Geschichte des Konsulats und Kaiserreichs* eines Tages auf den Quais gelandet sein, dann wette ich, ein Schild kündete stolz von ihrem »neuwertigen Zustand« …

Die zwanzig Bände Saint-Simon leisteten meiner Mutter nachts abwechselnd Gesellschaft; in ihnen fand sie immer wieder erwachende Freuden und wunderte sich, dass ich sie nicht alle teilte, mit meinen acht Jahren.

»Warum liest du nicht Saint-Simon?«, fragte sie mich. »Komisch, wie viel Zeit Kinder brauchen, bis sie interessante Bücher mögen!«

Schöne Bücher, die ich las, schöne Bücher, die ich nicht las, wärmende Wandverkleidung in meinem Geburtshaus, Tapisserie, deren verborgene Buntheit meine eingeweihten Augen liebkosten … Durch sie erfuhr ich, lange vor der Zeit der Liebe, dass die Liebe kompliziert ist und tyrannisch und sogar lästig, denn meine Mutter gönnte ihr keinen Platz.

»Allzu viel Aufhebens mit der ganzen Liebe, in diesen Büchern«, sagte sie. »Meine arme Minet-Chéri, die Leute haben im Leben andere Sorgen. All diese Verliebten, die du in den Büchern siehst, haben die niemals Kinder, die sie großziehen, einen Garten, um den sie sich kümmern müssen? Minet-Chéri, bitte, urteile selbst: Habt ihr, du und deine Geschwister, mich jemals über die Liebe herumsalbadern gehört wie diese Leute in den Büchern? Obwohl ich ein Wörtchen mitzureden hätte, glaube ich; ich habe zwei Ehemänner gehabt und vier Kinder!«

In den lockenden Abgründen der Angst, die sich in so manchem Roman auftun, wimmelte es, wenn ich mich darüberbeugte, hinreichend von klassisch weißen Gespenstern, von Hexenmeistern, Schatten, unheilvollem Getier, aber dieses Jenseits krallte sich nicht in meine hängenden Zöpfe, um heraufzusteigen bis zu mir, denn irgendwelche Beschwörungsformeln hielten sie alle im Zaum.

»Hast du diese Gespenstergeschichte gelesen, Minet-Chéri? Ist die nicht hübsch? Gibt es etwas Hübscheres als die Seite, wo das Gespenst um Mitternacht im Mondschein auf dem Friedhof umherspaziert? Wenn der Autor sagt, du weißt schon, das Mondlicht gehe durch das Gespenst hindurch und es werfe keinen Schatten ins Gras … Bestimmt hinreißend, so ein Gespenst. Ich möchte gern eines sehen, ich würde dich rufen. Leider gibt es keine. Könnte ich mich nach meinem Leben in ein Gespenst verwandeln, ich würde es ganz sicher tun, zu deinem Spaß und zu meinem. Hast du auch diese dumme Geschichte von einer Toten gelesen, die sich rächt? Sich rächen, was soll das! Da bräuchte man nicht zu sterben, wenn man hinterher nicht vernünftiger wäre als zuvor. Die Toten, pah, das sind ganz stille Nachbarn. Ich hab keinen Ärger mit meinen lebenden Nachbarn, und ich versprech's, ich bekomme auch nie welchen mit meinen toten Nachbarn!«

Ich weiß nicht, welche alles in allem gesunde literarische Kälte mich vor dem Romanirrsinn bewahrte und mich etwas später, als ich diesem oder jenem Buch gegenüberstand, dessen bewährte Macht unfehlbar schien, zum Widerspruch drängte, obwohl ich nur ein berauschtes Opfer hätte sein sollen. Ahmte ich wieder einmal meine Mutter nach, die in merkwürdiger Arglosigkeit dazu neigte, das Böse zu verleugnen, während doch ihre Neugier nach ihm suchte und es, bunt vermischt mit dem Guten, staunenden Blicks betrachtete?

»Das da? Das ist kein schlechtes Buch, Minet-Chéri«, sagte sie. »Ja, ich weiß schon, da ist diese Szene, dieses Kapitel … Aber es ist ein Roman. Ihnen fällt nichts mehr ein, den Schriftstellern, verstehst du, seit all der Zeit. Du hättest mit dem Lesen noch ein, zwei Jahre zuwarten können … Was soll's! Schau, wie du damit zurechtkommst, Minet-Chéri. Du bist intelligent genug, um für dich zu behalten, was du nur allzu gut verstehst … Und vielleicht gibt es ja gar keine schlechten Bücher …«

Freilich, es gab welche, die mein Vater in seinen Schreibtisch aus Thujaholz einschloss. Eingeschlossen wurde aber vor allem der Name des Autors.

»Ich sehe keinen Nutzen darin, dass die Kinder Zola lesen!«

Zola verdross ihn, doch anstatt nach einem Grund zu suchen, der ihn uns erlaubt hätte oder verboten, setzte er einen kompletten, wuchtigen Zola auf den Index, regelmäßig vermehrt durch gelbe Anlandungen.

»Mama, warum darf ich Zola nicht lesen?«

Die fürs Lügen so ungeschickten grauen Augen zeigten ihre Verlegenheit:

»Natürlich ist es mir lieber, wenn du gewisse Zolas nicht liest …«

»Dann gib mir die, die keine ›gewissen‹ sind?«

Sie gab mir *Die Sünde des Abbé Mouret* und *Doktor Pascal* und *Germinal*. Aber ich wollte, beleidigt, weil man mir aus Misstrauen einen Winkel dieses Hauses verriegelte, in dem alle Türen klapperten, die Katzen nachts ein und aus gingen, Keller und Buttertopf sich auf geheimnisvolle Weise leerten – ich wollte die anderen. Ich bekam sie. Wenn es auch hinterher Scham empfindet, so hat ein vierzehnjähriges Mädchen weder Mühe noch Verdienst, reinherzige Eltern zu täuschen. Ich ging hinaus in den Garten, mit meinem ersten geraubten Buch. Es enthielt eine recht süßliche Geschichte über Vererbung, mein Gott, wie einige andere Zolas. Die kräftige und gute Cousine überließ ihren geliebten Cousin einer kränklichen Freundin, und alles hätte sich bestimmt abgespielt wie bei Ohnet, wäre der schmächtigen Gattin nicht die Freude zuteil geworden, einem Kind das Leben zu schenken. Sie brachte es sehr plötzlich zur Welt, mit einem jähen und drastischen Aufwand an Details, einer anatomischen Genauigkeit, einem Wohlgefallen an Farbe, Geruch, Körperhaltung, Schrei, und in alldem erkannte ich nichts wieder von meinem unbekümmerten, ländlichen Jungmädchenwissen. Ich fühlte mich leichtgläubig, verstört, bedroht in meinem kleinen Frauenschicksal … Liebesspiele der weidenden Tiere, Kater, die Katzen bespringen wie Raubtiere ihre Beute, schlichte, nahezu strenge Genauigkeit der Bäuerinnen, die von ihrer noch unberührten Färse sprechen oder von ihrer Tochter, die nicht schwanger wird, euch rief ich zu Hilfe. Aber ich rief vor allem nach der magisch beschwörenden Stimme:

»Als ich dich zur Welt brachte, dich als Letzte, Minet-Chéri, habe ich drei Tage und zwei Nächte gelitten. Während ich dich in mir trug, war ich dick wie ein Turm. Drei Tage, das wird einem lang … Die Tiere beschämen uns, uns Frauen, denn wir wissen nicht mehr, wie man fröhlich gebiert. Doch meine Schmerzen habe ich niemals bereut: Es heißt, Kinder, die man so wie dich sehr hoch trägt und die sich nur langsam senken, hin zum Licht, sind immer besonders geliebte Kinder, weil sie ganz nah am Herz ihrer Mutter lagen und sie nur ungern verlassen …«

Vergeblich wollte ich, dass die eilig zusammengesuchten zärtlichen Worte des Exorzismus in meinen Ohren klingeln: Ein silberhelles Sausen machte mich ganz benommen. Andere Worte zeichneten vor meinen Augen aufgerissenes Fleisch, Exkremente, schmutziges Blut … Ich hob mit Mühe den Kopf und sah, dass ein bläulicher Garten, rauchgraue Mauern seltsam schwankten unter einem gelb gewordenen Himmel … Das Gras fing mich auf, lang ausgestreckt und weich wie eins von diesen Häschen, die Wilderer frisch erlegt in die Küche brachten.

Als ich wieder zu Bewusstsein kam, strahlte der Himmel von neuem azurblau, und ich atmete, Kölnisch Wasser unter der Nase, zu Füßen meiner Mutter.

»Geht's dir besser, Minet-Chéri?«

»Ja … ich weiß nicht, was ich hatte …«

Die grauen Augen, allmählich beruhigt, blickten in meine.

»Aber ich weiß es … Das war der Finger Gottes, ein gut gezielter kleiner Schlag auf den Kopf …«

Ich war immer noch blass und bedröppelt, und meine Mutter täuschte sich:

»Lass mal, lass mal … Ist nicht so schlimm, pah, ist gar nicht so schlimm, die Geburt eines Kindes. Und in Wirklichkeit ist alles viel schöner. Die Schmerzen, die man hat, vergisst man ganz schnell, wirst schon sehen! … Der Beweis, dass alle Frauen sie vergessen: Nur die Männer – was ging ihn das überhaupt an, diesen Zola? – machen immer ein solches Getue …«

PROPAGANDA

Als ich acht, neun, zehn Jahre alt war, strebte mein Vater in die Politik. Von Natur aus dafür begabt, zu gefallen und zu kämpfen, war er ein Stegreiftalent und Anekdotenerzähler, und später dachte ich, er hätte Erfolg haben und eine Abgeordnetenkammer in seinen Bann schlagen können, ganz so, wie er eine Frau bezauberte. Doch genau wie seine grenzenlose Freigebigkeit uns alle zugrunde richtete, machte sein kindliches Zutrauen ihn blind. Er glaubte an die Aufrichtigkeit seiner Anhänger, an die Loyalität seines Gegners, im vorliegenden Fall Monsieur Merlou. Es war Monsieur Pierre Merlou, später kurzlebiger Minister, der meinen Vater aus dem Provinzialrat und von einer Kandidatur fürs Abgeordnetenhaus verdrängte; gedankt sei der seligen Exzellenz!

Ein kleiner Steuereinnehmerposten im Departement Yonne konnte einen beinamputierten Hauptmann der Zuaven, quecksilbrig und der Philanthropie zugeneigt, nicht in Frieden und Besonnenheit vor sich hin leben lassen. Sowie das Wort »Politik« sich mit verderblichem Säuseln in sein Ohr nistete, dachte er: »Ich erobere das Volk, indem ich ihm Bildung schenke; ich evangelisiere Jugend und Kinder durch die geheiligten Namen Naturgeschichte, Physik und Elementarchemie, ich ziehe durchs Land, Projektionslaterne und Mikroskop schwenkend, und verteile in den Dorfschulen die lehrreichen und unterhaltsamen bunten Schautafeln, auf denen der zwanzigfach vergrößerte Rüsselkäfer den im Bienenformat konterfeiten Geier beschämt … Ich halte volksnahe Vorträge gegen den Alkoholismus, und die Bewohner im Landstrich Puisaye und Forterre, für gewöhnlich hartgesottene Trinker, ziehen bekehrt von dannen und reingewaschen durch ihre Tränen! …«

Gesagt, getan. Die angestaubte Viktoria und die ältliche schwarze Stute trugen, als der Zeitpunkt gekommen war, Projektionslaterne, kolorierte Karten, Reagenzgläser, Knieröhren, den künftigen Kandidaten, seine Krücken und mich: Ein kalter und stiller Herbst bleichte den wolkenlosen Himmel, die Stute ging bei jeder Steigung im Schritt, und ich sprang vom Wagen, pflückte entlang der Hecken blaue Schlehen und korallenrote Pfaffenhütchen, sammelte weiße Pilze, rosig in ihrem Gehäuse wie Muscheln. Aus den schütteren Wäldern, an denen wir entlangfuhren, strömte ein Duft frischer Trüffel und modriger Blätter. Für mich begann ein schönes Leben.

In den Dörfern bot das kurz zuvor geleerte Schulzimmer den Zuhörern seine abgeschabten Bänke; ich erkannte die schwarze Tafel, Gewichte und Maße und den tristen Geruch schmutziger Kinder. Eine Petroleumlampe schaukelte an ihrer Kette, erleuchtete die Gesichter all jener, die misstrauisch und ohne das kleinste Lächeln hierherkamen, um der Frohbotschaft zu lauschen. Von der Anstrengung beim Zuhören zogen sich Stirnen in Falten, standen Märtyrermünder halb offen. Unnahbar, auf dem Podium mit ernsten Aufgaben beschäftigt, genoss ich den Stolz, der eine kindliche Komparsin erfüllt, wenn sie dem Jongleur die Gipseier reicht, den Seidenschal und die Dolche mit blauer Klinge.

Verdutzte Benommenheit, dann schüchterner Applaus begrüßten das Ende des »lehrreichen Vortrags«. Ein Bürgermeister in Holzpantinen gratulierte meinem Vater, als wäre dieser soeben einer ehrenrührigen Verurteilung entgangen. An der Schwelle zum leeren Saal warteten Kinder auf das Erscheinen des »Herrn, der nur ein Bein hat«. Die kalte Nachtluft klebte sich auf mein erhitztes Gesicht, wie ein feuchtes Taschentuch, durchtränkt mit einem starken Geruch von dampfendem Acker, Stall und Eichenrinde. Die angespannte Stute, schwarz in der Schwärze, wieherte uns entgegen, und im Lichtkreis einer der beiden Laternen drehte sich der gehörnte Schatten ihres Schädels ... Mein grandioser Vater jedoch verließ seine trübsinnigen Evangelisierten nie, ohne eine Runde zu spendieren, zumindest den Gemeinderäten. Im nächstgelegenen Ausschank blubberte Glühwein über dem Feuer, und auf den purpurnen Wogen schwammen zitronige Bojen und zimtenes Treibgut. Der berauschende Dunst steigt mir noch, wenn ich zurückdenke, verführerisch in die Nase ... Mein Vater genehmigte sich als guter Südländer nur ein Glas »Sprudel«, seine Tochter dagegen ...

»Das kleine Fräulein muss sich aufwärmen, wie wär's mit einem Fingerhütchen Glühwein?«

Ein Fingerhütchen? Ich hielt mein Glas hin, und wenn der Wirt den Schnabelkrug allzu schnell wieder anhob, befahl ich keck: »Randvoll!« und rief dazu: »Prosit!«, stieß mit allen an, trank in einem Zug, stellte mein leeres Glas klirrend auf den Tisch, wischte mir mit dem Handrücken den süßen Burgunderschnurrbart und sagte, mein Glas in Richtung Krug schiebend: »Tut gut, wenn's so runterrinnt!« Ich wusste, wie man sich benimmt.

Meine rustikale Höflichkeit hob die Stimmung der Trinker, die plötzlich in meinem Vater ihresgleichen erahnten – bis auf das abgeschnittene Bein – und »einen guten Redner, vielleicht ein bisschen bekloppt« … Die quälende Veranstaltung endete mit Gelächter, Schulterklopfen, mit aberwitzigen Geschichten, hinausgebrüllt von Stimmen, wie Schäferhunde sie haben, die jahrein, jahraus im Freien schlafen … Ich nickte ein, völlig betrunken, Kopf auf dem Tisch, gewiegt von freundlichem Toben. Harte Pflügerarme trugen mich schließlich fort, betteten mich sorgsam in den Wagen, gut eingewickelt in den Schal aus rotem Schottenkaro, der nach Iris duftete und nach Mama …

Zehn Kilometer, manchmal fünfzehn, eine wahre Reise unter den flirrenden Sternen des Winterhimmels, im Trab der mit Hafer vollgefressenen Stute … Gibt es Menschen, die gleichgültig bleiben, anstatt im Hals einen würgenden kindlichen Schluchzer zu spüren, wenn sie nachts auf einer eisstarren Landstraße den Trab eines Pferdes hören, das Gekläff eines Fuchses bei der Jagd, das Lachen einer im Vorbeifahren vom Licht der Laternen aufgeschreckten Eule? …

Die ersten Male wunderte sich meine Mutter über meine glückselige Erschöpftheit, brachte mich rasch zu Bett und tadelte meinen Vater wegen dieser Müdigkeit. Dann erhaschte sie eines Abends in meinem Blick eine allzu burgundische Vergnügtheit und, leider Gottes!, in meinem Atem das Geheimnis hinter all diesem Frohsinn …

Die Viktoria fuhr tags darauf ohne mich los, kam abends zurück und blieb fortan zu Hause.

»Hast du deine Vorträge aufgegeben?«, fragte meine Mutter ein paar Tage später meinen Vater.

Er warf einen melancholischen, schmeichelhaften Blick auf mich, zog die Schulter hoch:

»Himmelherrgott! Du hast mir meinen besten Wahlhelfer geraubt …«

PAPA UND MADAME BRUNEAU

Neun Uhr, Sommer, ein Garten, den der Abend größer macht, Trägheit vor dem Schlaf. Hastige Schritte knirschen auf dem Kies, zwischen Terrasse und Brunnen, zwischen Brunnen und Küche. Auf einer kantigen kleinen Fußbank sitzend, lehne ich den Kopf, wie jeden Abend, an die Knie meiner Mutter und errate mit geschlossenen Augen: »Das ist der schwere Schritt von Morin, er kommt vom Gießen der Tomaten … Das ist der Schritt von Mélie, sie geht die Abfälle ausleeren … Ein kleiner stöckelbeschuhter Schritt: Das ist Madame Bruneau, sie kommt mit Mama plaudern …« Eine hübsche Stimme fällt von oben auf mich herab:

»Minet-Chéri, willst du nicht Madame Bruneau guten Abend sagen?«

»Sie ist halb eingeschlafen, lassen Sie die Kleine doch …«

»Minet-Chéri, wenn du schläfst, musst du ins Bett.«

»Ein bisschen noch, Mama, ein bisschen noch? Ich bin gar nicht müde …«

Eine zarte Hand, ich liebe ihre drei kleinen Schwielen, die sie dem Rechen, der Heckenschere und dem Setzholz verdankt, streicht mir übers Haar, kneift mich ins Ohr:

»Ich weiß, ich weiß, Achtjährige sind nie müde.«

Ich bleibe im Dunkel an Mamas Knie gelehnt. Ich schließe, ohne zu schlafen, meine unnützen Augen. Das Leinenkleid, gegen das meine Wange drückt, riecht nach grober Seife, nach dem Wachs, mit dem die Bügeleisen blank gescheuert werden, und nach Veilchen. Wenn ich ein wenig abrücke von diesem frischen Gärtnerinnenkleid, taucht mein Kopf sogleich in einen Duftkreis, der uns umspült wie eine faltenlose Woge: Der weiße Tabak öffnet der Nacht seine schlanken, duftenden Röhren und seine Sternkelche. Ein Licht, das auf den Nussbaum fällt, weckt ihn: Er gluckert, aufgewühlt bis in die untersten Zweige durch einen hauchzarten Mondschein. Der Wind legt über den Geruch des weißen Tabaks den bitteren und kalten Geruch der kleinen wurmigen Nüsse, die ins Gras fallen.

Der Mondstrahl gleitet herab bis auf die geflieste Terrasse, weckt dort eine samtige Baritonstimme, die meines Vaters. Sie singt *Page, Knappe, Hauptmann.* Bestimmt singt sie später noch:

Ich denk an dich, sehe dich, liebe dich
zu jeder Zeit, zu jeder Stund, an jedem Ort …

Es sei denn sie intoniert, denn Madame Bruneau mag traurige Musik:

Des Kampfes müde, sang dereinst
am eisigen Ufer des finstern Borysthenes …

Doch heute Abend ist sie fein nuanciert und geschmeidig und so tief, dass Schauer uns durchrieseln, und sie beklagt eine ferne Zeit:

… Damals vergaß die schöne Königin
ihre gekrönte Stirn dem Pagen zulieb,
denn sie mochte ihn gern.

»Der Hauptmann hat wirklich eine Stimme fürs Theater«, seufzt Madame Bruneau.

»Wenn er gewollt hätte …«, sagt Mama stolz. »Er ist für alles begabt.«

Der höher wandernde Mondstrahl erreicht eine kerzengerade Männergestalt, die auf der Terrasse steht, eine Hand, so weiß, dass sie grün wirkt, hält eine Gitterstange umklammert. Krücke und Stock lehnen verschmäht an der Mauer. Mein Vater ruht wie ein Reiher auf seinem einzigen Bein und singt.

»Ach!«, seufzt Madame Bruneau noch einmal, »immer wenn ich den Hauptmann singen höre, werde ich traurig. Sie machen sich ja keine Vorstellung von meinem Leben … Altern, neben einem Mann wie meinem armen Gatten … Und mir sagen, nie wirst du erfahren, was Liebe ist …«

»Madame Bruneau«, unterbricht die erregende Stimme, »Sie wissen, mein Angebot gilt nach wie vor?«

Ich höre im Dunkel, wie Madame Bruneau hochfährt, dann ihr Zorngetrippel auf dem Kies:

»So ein garstiger Mensch! So ein garstiger Mensch! Hauptmann, Sie werden mich noch verjagen!«

»Vierzig Sou und ein Päckchen Tabak«, sagt ungerührt die schöne Stimme, »und nur weil Sie's sind. Vierzig Sou und ein Päckchen Tabak, damit Sie die Liebe kennenlernen, finden Sie das zu teuer? Madame Bruneau, keine Knausrigkeit. Wenn ich die Preise einmal erhöht habe, wird es Ihnen leid sein um meine derzeitigen Bedingungen: vierzig Sou und ein Päckchen Tabak …«

Ich höre Madame Bruneaus schamhaftes Geschrei, die Flucht der rundlichen kleinen Frau mit den bereits angegrauten Schläfen, ich höre den milden Tadel meiner Mutter, die meinen Vater stets bei unserm Familiennamen ruft:

»Ach! Colette… Colette …«

Die Stimme meines Vaters schleudert noch eine gefühlvolle Strophe gen Mond; und allmählich höre ich ihn nicht mehr, und ich vergesse, an die um meinen Schlaf besorgten Knie geschmiegt, Madame Bruneau und die schlüpfrigen Neckereien, nach denen sie hier sucht, an schönen Sommerabenden ...

Doch am nächsten Tag, doch an allen folgenden Tagen mag unsre Nachbarin, Madame Bruneau, noch so lange spähen, den Kopf vorstrecken und rasch über die Straße springen wie bei einem Wolkenbruch, sie wird ihm nicht entrinnen, ihrem Feind, ihrem Abgott.

Kerzengerade und stolz auf einem Bein oder sitzend und mit einer Hand seine Zigarette rollend oder heimtückisch hinter dem aufgeschlagenen *Temps* verschanzt, stets ist er da. Ob sie nun läuft und den Rock mit beiden Händen festhält wie beim Kontertanz, ob sie lautlos an den Häusern entlangschleicht, verborgen unter ihrem violetten Schirmchen, immer wird er schmeichlerisch und frivol rufen:

»Vierzig Sou und ein Päckchen Tabak!«

Es gibt Seelen, die verheimlichen über lange Zeit ihre Blessuren und ihr zitterndes Entzücken beim Gedanken an die Sünde. Das tat Madame Bruneau. Sie ertrug, solang sie konnte, mit lächelnder Miene den empörenden Antrag und das zynische Gezwinker. Dann verließ sie eines Tages ihr kleines Haus, nahm ihre Möbel mit und ihren lächerlichen Mann, zog davon und lebte fortan weit weg von uns, ganz oben in Bel-Air.

MEINE MUTTER UND DIE TIERE

Eine Reihe wüster Geräusche, Eisenbahn, Droschken, Omnibusse, das ist alles, was mein Gedächtnis noch zu erzählen weiß von einem kurzen Besuch in Paris, als ich sechs Jahre alt war. Fünf Jahre später bleibt von einer Woche in Paris nur die Erinnerung an trockene Hitze, hechelnden Durst, fiebrige Müdigkeit und Flöhe im Hotelzimmer an der Rue Saint-Roch. Ich erinnere mich auch, dass ich ständig den Kopf hob, leicht verängstigt durch die Höhe der Häuser, und dass ein Fotograf mein Herz eroberte, weil er mich, wie gewiss alle anderen Kinder, ein »Prachtstück« nannte. Weitere fünf Provinzjahre verstreichen, und ich denke fast nie an Paris.

Doch mit sechzehn, als ich nach zwei Wochen voller Theater, Museen, Geschäfte heimkehre in die Puisaye, findet sich zwischen meinen Erinnerungen an Koketterie, Naschhaftigkeit, durchmischt mit Sehnsüchten, Hoffnungen, verächtlichen Zurückweisungen, genauso stürmisch, genauso naiv und schlaksig wie ich selbst, das Staunen, die melancholische Abneigung gegenüber etwas, das ich Häuser ohne Tiere nannte. Diese Klötze ohne Gärten, diese Wohnungen ohne Blumen, wo keine Katze miaut hinter der Esszimmertür, wo man vor dem Kamin auf kein Zipfelchen Hund tritt, der herumliegt wie ein Teppich, diese von allen Hausgeistern verlassenen Gemächer, in denen die Hand auf der Suche nach wohliger Wärme gegen Marmor stößt, gegen Holz, gegen leblosen Samt, ich kehrte ihnen den Rücken mit ausgehungerten Sinnen, dem gierigen Bedürfnis, lebendiges Fell zu berühren oder Blätter, laues Gefieder, die rührende Feuchtigkeit von Blumen …

Als würde ich sie alle auf einmal entdecken, begrüßte ich die Unzertrennlichen: meine Mutter, den Garten und den Reigen der Tiere. Die Stunde meiner Rückkehr war ausgerechnet die Zeit fürs Gießen, und immer noch liebe ich ganz besonders diese sechste Stunde des Abends, die grüne Gießkanne, die das blaue Satinetkleid nass machte, den kräftigen Humusgeruch, das schwindende Licht, das sich zartrosa über die weiße Seite eines vergessenen Buchs legte, über die weißen Blütenkelche des weißen Tabaks und die weißen Flecken der Katze in einem Korb.

Die dreifarbige Nonoche hatte zwei Tage zuvor geworfen, Bijou, ihre Tochter, in der Nacht darauf; und Musette, die Havaneserdame, bekam in einem fort Bastarde …

»Minet-Chéri, geh und schau nach dem Kleinen von Musette!«

Ich lief in die Küche, wo Musette tatsächlich ein aschgraues Monstrum stillte, fast noch blind, fast so groß wie sie, ein Jagdhundsprössling, der wie ein Kalb an den zarten, erdbeerrosigen Zitzen im silbernen Fell saugte und mit seinen krallenbewehrten Pfoten rhythmisch einen seidigen Bauch bearbeitete, den er zerfetzt hätte, wenn … wenn meine Mutter ihm nicht aus einem alten Paar weißer Handschuhe wildlederne Fäustlinge zugeschnitten und genäht hätte, die bis ans Beingelenk reichten. Nie wieder habe ich ein zehntägiges Welpchen gesehen, das aussah wie ein Gendarm.

Wie viele Schätze waren in meiner Abwesenheit geschlüpft! Ich rannte zum großen Korb, der überquoll von ununterscheidbaren Katzen. Dieses orange Ohr gehörte Nonoche. Doch wem dieser buschige schwarze Angoraschwanz? Einzig und allein Bijou, ihrer Tochter, zickig wie eine hübsche Frau. Eine lange Pfote, dürr und schmal wie eine schwarze Kaninchenpfote, drohte dem Himmel; ein ganz kleines Kätzchen, gefleckt wie eine Ginsterkatze, schlief voll und satt, Bäuchlein in der Luft, ganz oben auf diesem Gewühl, und schien hingemordet … Glücklich entwirrte ich diese Säugammen und wohlgeleckten Säuglinge, die nach Heu dufteten und nach frischer Milch, gepflegtem Pelz, und ich entdeckte, dass Bijou, in drei Jahren viermal Mutter und an den Zitzen einen Kranz Neugeborener, ihrerseits mit dem unbeholfenen Geschlabber einer zu großen Zunge und lautem Kaminfeuerschnurren die Milch der alten Nonoche nuckelte, die reglos dalag vor Wohlbehagen, eine Pfote über den Augen.

Mit gespitzten Ohren lauschte ich dem doppelten Schnurren, das eine tief, das andre silberhell, geheimnisvolles Privileg des Katzengeschlechts, Gebrumm einer fernen Fabrik, Gesurr eines in die Falle gegangenen Käfers, hauchfeine Mühle, deren tiefer Schlaf den Mühlstein anhält. Diese Kette von Katzen, die aneinander saugten, überraschte mich nicht. Für jeden, der auf den Feldern lebt, mit offenen Augen, wird alles wundersam und einfach. Längst schon fanden wir es normal, dass eine Jagdhündin ein Kätzchen stillte, dass eine Katze sich zum Schlafen das Dach des Käfigs erkor, in dem zutrauliche grüne Kanarienvögel zwitscherten, die mit ihren Schnäbeln der Schläferin zuweilen ein paar seidige Haare ausrupften für ihr Nest.

Ein Jahr meiner Kindheit verbrachten wir damit, in Küche oder Kuhstall die kümmerlichen Winterfliegen zu fangen, als Nahrung für zwei Schwalben, eine Oktoberbrut, herabgeworfen vom Wind. Mussten wir sie nicht retten, diese Unersättlichen mit den breiten Schnäbeln, die alle tote Beute verschmähten? Durch sie weiß ich, wie sehr jede gezähmte Schwalbe den verwöhntesten Hund an frecher Geselligkeit übertrifft. Unsere zwei lebten hoch oben auf einer Schulter, auf einem Kopf, nisteten im Nähkorb, liefen wie Hühner unterm Tisch herum und hackten mit ihren Schnäbeln nach dem verdutzten Hund oder piepsten der Katze ins Gesicht, die darob völlig die Fassung verlor … Sie kamen in meiner Kitteltasche mit zur Schule und kehrten durch die Lüfte nach Hause zurück. Als die schimmernde Sichel ihrer Flügel größer und spitzer wurde, entschwanden sie zu jeder Tageszeit in den hohen Frühlingshimmel, doch ein einziger schriller Schrei: »Petî-î-î-tes!« ließ sie herabschießen, den Wind wie zwei Pfeile durchschneidend, und sie landeten in meinem Haar, verkrallten sich mit ihren krummen stahlschwarzen Fängen.

Wie märchenhaft und einfach alles war, inmitten dieser Fauna meines Geburtshauses … Hätten Sie gedacht, dass ein Kater Erdbeeren frisst? Ich weiß es aber genau, denn oft genug habe ich beobachtet, wie dieser schwarze Satan, Babou, endlos lang und geschmeidig wie ein Aal, sich in Madame Pomiés Gemüsegarten als wahrer Gourmet die reifsten »Caprons blancs« und »Belles-de-Juin« aussuchte. Derselbe Kerl schnüffelte, poetisch, versonnen, an blühenden Veilchen. Jemand hat Ihnen erzählt, dass Pellissons Spinne musikliebend war? Mich kann das kein bisschen verwundern. Dennoch will ich meinen bescheidenen Beitrag zum Schatz der menschlichen Erkenntnisse leisten, indem ich von der Spinne berichte, die bei meiner Mutter – wie Papa sagte – am Plafond wohnte, und zwar im Jahr meiner sechzehn Lenze. Eine schöne Gartenspinne, wahrhaftig, mit einem Leib wie eine Knoblauchzehe, darauf ein prachtvolles Kreuz. Sie schlief oder jagte tagsüber in ihrem am Schlafzimmerplafond ausgespannten Netz. Nachts gegen drei, wenn die gewohnte Schlaflosigkeit die Lampe entzündete, das Buch auf dem Nachttisch meiner Mutter aufschlug, erwachte auch die dicke Spinne, nahm Maß wie ein Geometer und verließ den Plafond am Ende eines Fadens, genau senkrecht über dem Öllicht, auf dem die ganze Nacht ein Schälchen mit Schokolade warmstand. Langsam glitt sie herab, sanft schaukelnd wie eine dicke Perle, packte mit ihren acht Beinchen den Rand der Tasse, reckte den Kopf vor und trank sich satt. Dann glitt sie wieder nach oben, schwer von der sahnigen Schokolade, mit Verschnaufpausen, Grübeleien, zu denen ein allzu voller Bauch nötigt, und bezog ihren Platz im Zentrum ihrer seidigen Takelage …

Noch in meinen Reisemantel gehüllt, träumte ich, müde, verzaubert, aufs Neue bestrickt, inmitten meines Königreichs.

»Wo ist deine Spinne, Mama?«

Die grauen Augen meiner Mutter, vergrößert durch die Brillengläser, wurden traurig:

»Du kommst aus Paris und fragst nach der Spinne, herzloses Ding?«

Ich blickte zu Boden, unbeholfen im Lieben, schamhaft in meinen reinsten Gefühlen:

»Manchmal in der Nacht, zur Spinnenzeit, wenn ich nicht schlafen konnte, dachte ich …«

»Minet-Chéri, du konntest nicht schlafen? Hattest du ein so schlechtes Bett? … Die Spinne sitzt in ihrem Netz, vermute ich. Aber komm schauen, ob meine Raupe schläft. Ich glaube nämlich, sie verpuppt sich bald, ich habe ihr ein Kästchen mit trockenem Sand hingestellt. Die Raupe eines Nachtpfauenauges, die wohl ein Vogel am Bauch verletzt hat, aber sie ist geheilt …«

Vielleicht schlief die Raupe, an die Rundung eines Bocksdornzweigs geschmiegt. Die Verheerung um sie herum zeugte von ihrer Kraft. Nichts als zerfetzte Blätter, angenagte Stiele, blanke Wurzelschösslinge. Prall, daumendick, über einen Dezimeter lang, blähte sie ihre kohlgrünen Fettpolster, beschlagen mit abstehenden, haarigen Türkisen. Vorsichtig nahm ich sie herunter, und sie krümmte sich zornig, zeigte ihren helleren Bauch und all ihre kralligen Beinchen, die sich wie Saugnäpfe an den Zweig hefteten, auf den ich sie setzte.

»Mama, sie hat alles abgefressen!«

Die grauen Augen hinter den Brillengläsern wanderten vom kahlen Bocksdorn zur Raupe, von der Raupe zu mir, ratlos:

»Hm, was kann ich da machen? Außerdem, weißt du, der Bocksdorn, den sie vertilgt, erstickt ohnehin das Geißblatt …«

»Aber die Raupe wird auch das Geißblatt vertilgen …«

»Ich weiß nicht … Aber was soll ich denn tun? Ich kann's doch nicht umbringen, dieses Tierchen …«

Alles steht mir noch vor Augen, der Garten mit den warmen Mauern, die letzten dunklen Kirschen am Baum, der Himmel, durchwabert von langen rosa Wolken, alles fühle ich unter den Fingern: die zappelnde Gegenwehr der Raupe, das dicke, nasse Leder der Hortensienblätter und die harte kleine Hand meiner Mutter. Wenn ich will, knittert der Wind das steife Papier der Bambussträucher und singt, von den Nadelkämmen der Eibe zerteilt in tausend Luftbächlein, um würdig die Stimme zu begleiten, die an jenem Tag und an allen andern Tagen, bis zum endgültigen Schweigen, stets ähnliche Worte sprach:

»Um dieses Kind muss man sich kümmern … Kann man diese Frau nicht retten? Haben diese Leute genug zu essen im Haus? Ich kann's doch nicht umbringen, dieses Tierchen …«

GRABINSCHRIFTEN

»Was war er, als er noch gelebt hat, Astoniphronque Bonscop?«

Mein Bruder legte den Kopf in den Nacken, verschränkte die Hände überm Knie und blinzelte, um in einer für das grobe menschliche Auge unerreichbaren Ferne die vergessenen Züge des Astoniphronque Bonscop zu erspähen.

»Er war Stadttrommler. Aber zu Hause hat er Stühle neu eingeflochten. Er war ein dicker Kerl … pah … nicht besonders interessant. Er trank und schlug seine Frau.«

»Warum hast du dann ›guter Vater, guter Gatte‹ auf den Grabstein geschrieben?«

»Weil man das schreibt, wenn Leute verheiratet waren.«

»Wer ist seit gestern noch gestorben?«

»Madame Égrémimy Pulitien.«

»Wer war Madame Égrélimy? …«

»Égrémimy, mit einem y am Ende. So eine Dame halt, immer in Schwarz. Sie trug Zwirnhandschuhe …«

Und mein Bruder schwieg, pfiff durch die Zähne, denn sie schmerzten ein wenig beim Gedanken an Zwirnhandschuhe, die auf Fingernägeln scheuern.

Er war dreizehn und ich sieben. Er glich mit seinem kurzgeschorenen schwarzen Haar und den blassblauen Augen einem jungen italienischen Malermodell. Er war von grenzenloser Sanftmut und vollkommen unbeugsam.

»Übrigens«, sagte er, »halte dich morgen um zehn bereit. Es gibt eine Messe.«

»Was für eine Messe?«

»Eine Seelenmesse für Lugustu Trutrumèque.«

»Vater oder Sohn?«

»Vater.«

»Um zehn kann ich nicht, da bin ich in der Schule.«

»Pech für dich, du wirst die Messe nicht miterleben. Lass mich allein, ich muss über die Grabinschrift für Madame Égrémimy Pulitien nachdenken.«

Trotz dieser Aufforderung, die nach Befehl klang, folgte ich meinem Bruder bis zum Dachboden. Auf einem Tischgestell schnitt und klebte er aus weißen Pappblättern flache Steinplatten, oben abgerundete Stelen, rechteckige, von einem Kreuz bekrönte Mausoleen. Dann malte er in verschnörkelten Großbuchstaben mit Tusche Grabinschriften, kurze oder lange, die in reinstem »Steinmetzstil« die Trauer der Lebenden und die Tugenden eines angeblich Dahingeschiedenen verewigten.

Hier ruht Astoniphronque Bonscop, gestorben am 22. Juni 1874 im Alter von siebenundfünfzig Jahren. Guter Vater, guter Gatte, der Himmel erwartete ihn, die Erde trauert um ihn. Vorübergehender, bete für ihn!

Diese paar Zeilen zierten in Schwarz einen hübschen weißen Grabstein, geformt wie ein romanisches Portal, mit geschickt aquarellierten Reliefs. Eine Stütze nach dem Muster staffeleiartiger Bilderrahmen neigte ihn anmutig nach hinten.

»Das klingt ein bisschen trocken«, sagte mein Bruder. »Aber ein Stadttrommler … Ich kann's ja bei Madame Égrémimy wettmachen.«

Er war bereit, mir einen Entwurf vorzulesen:

»*O! du Vorbild aller christlichen Gattinnen! Du stirbst mit achtzehn Jahren, vierfache Mutter! Sie konnten dich nicht am Leben erhalten, die Klagen deiner weinenden Kinder! Deinem Geschäft droht der Ruin, dein Gatte strebt umsonst nach Vergessen!* … So weit bin ich gekommen.«

»Ein guter Anfang. Sie hatte vier Kinder, mit achtzehn?«

»Wenn ich's dir sage.«

»Und ihr Geschäft ist eine Ruine? Warum denn eine Ruine?«

Mein Bruder zuckte die Schultern.

»Das kannst du nicht verstehen, du bist erst sieben. Tu den Kleister ins Wasserbad. Und bastle mir zwei kleine Kränze aus blauen Perlen, für das Grab der Zwillinge Azioume, die am selben Tag geboren wurden und starben.«

»Oh! … Waren sie lieb?«

»Sehr lieb«, sagte mein Bruder. »Zwei Buben, blond, zum Verwechseln ähnlich. Ich mach ihnen etwas ganz Neues, zwei Säulenstümpfe aus Papprollen, ich imitiere den Marmor, und darüber fädle ich die Perlkränze. Ha! meine Gute …«

Er pfiff vor Bewunderung und arbeitete stumm. Rings um ihn schmückte sich der Dachboden mit kleinen weißen Gräbern, ein Friedhof für große Puppen. In seiner Schrulle war keine Spur von respektloser Parodie, makabrem Gepränge. Nie hatte er unterm Kinn die Bänder einer Küchenschürze verknotet, als Messgewand, und dazu *Dies irae* gesungen. Doch er liebte die Totenäcker, wie andere Gefallen finden an französischen Parks, Springbrunnen oder Gemüsegärten. Leichten Schritts zog er los, besichtigte in einem Umkreis von fünfzehn Kilometern alle Dorffriedhöfe und erzählte mir davon wie ein Forschungsreisender.

»In Escamps, meine Gute, da ist es piekfein, die haben einen Notar, bestattet in einer Kapelle so groß wie die Gärtnerhütte, mit einer Glastür, durch die sieht man einen Altar, Blumen, ein Kissen am Boden und einen Stuhl mit Gobelinstickerei.«

»Einen Stuhl! Für wen?«

»Für den Toten, glaub ich, wenn er nachts wiederkommt.«

Er hatte sich aus frühester Kindheit diese sanfte Abwegigkeit bewahrt, diese friedvolle Rohheit, die ein ganz kleines Kind schützt gegen die Angst vor dem Tod und vor Blut. Mit dreizehn machte er keinen großen Unterschied zwischen einem Lebenden und einem Toten. Während meine Spiele Phantasiegestalten, durchscheinend und sichtbar, vor mich hinzauberten, die ich grüßte und nach dem Befinden ihrer Verwandten fragte, erfand mein Bruder Tote, behandelte sie mit großer Herzlichkeit und schmückte sie, so gut er konnte, errichtete diesem ein Strahlenkreuz, legte jenen unter einen gotischen Spitzbogen und bedeckte einen dritten allein mit der Grabinschrift, die sein Erdenleben pries …

Es kam der Tag, da die rauen Dielen des Dachbodens nicht mehr genügten. Mein Bruder wollte, seinen weißen Gräbern zu Ehre, weiche und duftende Erde, richtiges Gras, Efeu, Zypressen … Ganz am Ende des Gartens, hinter dem Thujenboskett, logierte er seine Verblichenen mit den klangvollen Namen, und ihre große Zahl schwappte über die mit Ringelblumenköpfchen und kleinen Perlkränzen bestreute Wiese. Der eifrige Totengräber blinzelte mit seinen Künstleraugen.

»Wie schön das aussieht!«

Nach einer Woche kam zufällig meine Mutter vorbei, blieb entsetzt stehen, stierte aus großen Augen – mit Kneifer, Lorgnette, Brille für die Fernsicht – und schrie vor Abscheu, zertrampelte alle Grabmäler …

»Dieses Kind endet noch in der Klapsmühle! Das ist heller Wahnsinn, das ist Sadismus, das ist Vampirismus, das ist Frevel, das ist … ich weiß nicht mal, was das ist! …«

Sie musterte den Schuldigen über den Abgrund hinweg, der einen Erwachsenen trennt von einem Kind. Mit zornigem Rechen scharrte sie Steinplatten, Kränze und Säulenstümpfe auf einen Haufen. Mein Bruder erduldete ohne Widerspruch die Schändung seines Werks, und vor der kahlen Wiese, vor der Thujenhecke, die ihren Schatten auf die frisch umgewühlte Erde warf, nahm er mich zur Zeugin, schwermütig wie ein Dichter:

»Was sagst du, ist schon traurig, so ein Garten ohne Gräber?«

DIE »TOCHTER MEINES VATERS«

Ich war vierzehn, fünfzehn – lange Arme, flacher Rücken, zu kleines Kinn, blaugrüne Augen, die ein Lächeln schräg nach oben zog –, da begann meine Mutter, wie man so sagt, mich komisch anzuschauen. Manchmal ließ sie ihr Buch oder ihre Nadel in den Schoß fallen und bedachte mich über die Brille hinweg mit einem verwunderten, fast argwöhnischen graublauen Blick.

»Was hab ich schon wieder angestellt, Mama?«

»Och … du gleichst der Tochter meines Vaters.«

Dann runzelte sie die Stirn und griff wieder nach ihrer Nadel oder ihrem Buch. Eines Tages fügte sie dieser üblich gewordenen Antwort hinzu:

»Du weißt, wer die Tochter meines Vaters ist?«

»Na, du natürlich!«

»Nein, Mademoiselle, nicht ich.«

»Oh! … Du bist nicht die Tochter deines Vaters?«

Sie lachte, kein bisschen empört über eine freizügige Redeweise, zu der sie uns ermunterte:

»Mein Gott, ja, doch! Ich auch, wie die andern. Er hatte … wer weiß wie viele? Ich selbst hab nicht einmal die Hälfte gekannt. Irma, Eugène und Paul und ich, wir stammten alle von derselben Mutter, die ich leider nicht gekannt habe. Aber du, du gleichst der Tochter meines Vaters, jener Tochter, die er uns eines Tages ins Haus brachte, frisch geboren, ohne ein Wort zu verlieren, wo sie herkam, ich sag's dir. Ach! Dieser Gorilla … du siehst, wie hässlich er war, Minet-Chéri? Und trotzdem, die Frauen hingen alle an seinem Hals …«

Sie zeigte mit dem Fingerhut auf die Daguerreotypie an der Wand, die Daguerreotypie, die jetzt in einer Schublade verschlossen liegt und die unter ihrer Silberschicht das Porträt eines »Farbigen« birgt – eines Quarteron, glaube ich –, mit hoher weißer Krawatte, blassen und verächtlichen Augen, langer Nase über der wulstigen Lippe, die ihm seinen Spitznamen eintrug.

»Hässlich, aber gut gebaut«, erklärte meine Mutter. »Und verführerisch, das kannst du mir glauben, trotz seiner violetten Nägel. Ich nehme ihm nur übel, dass er mir seinen garstigen Mund vererbt hat.«

Ein großer Mund, stimmt, aber gütig und kirschrot. Ich protestierte:

»O nein! Du bist doch hübsch.«

»Ich weiß, was ich sage. Wenigstens hört sie bei mir auf, diese Lippe … Die Tochter meines Vaters kam zu uns, als ich acht war. Der Gorilla sagte zu mir: ›Ziehen Sie die groß. Die ist

Ihre Schwester.‹ Er siezte uns. Mit acht brachte mich das in Verlegenheit, denn ich verstand nichts von Kindern. Zum Glück begleitete eine Amme die Tochter meines Vaters. Doch während ich sie auf dem Arm hielt, hatte ich Zeit festzustellen, dass ihre Finger nicht lang und schmal genug waren. Mein Vater liebte schöne Hände ganz besonders … Und sogleich knetete ich mit kindlicher Grausamkeit diese kleinen weichen Finger, die wegschmolzen zwischen meinen … Die Tochter meines Vaters begann ihr Leben mit zehn kleinen, kugelförmigen Abszessen, fünf an jeder Hand, gleich unter ihren hübschen, wohlgeformten Nägeln. Ja … du siehst, deine Mutter ist böse … Ein so schönes Neugeborenes … Sie schrie. Der Arzt sagte: ›Ich begreife nicht, woher diese Inflammatio Digitalis kommt …‹ Erschrocken hörte ich das Wort ›Digitalis‹ und zitterte. Aber ich gestand nichts. Das Lügen ist so stark ausgeprägt bei Kindern … Später vergeht es im Allgemeinen … Bist du inzwischen etwas weniger verlogen, jetzt, wo du groß wirst, Minet-Chéri?«

Es war das erste Mal, dass meine Mutter mich chronischer Verlogenheit beschuldigte. Alles, was eine Heranwachsende an böser oder feinfühliger Verstellung in sich trägt, wankte plötzlich unter einem bohrenden grauen Blick, hellseherisch, nüchtern … Doch schon zog sich die auf meine Stirn gelegte Hand sachte zurück, und der graue Blick, nun wieder sanft und gewissenhaft, schweifte großzügig anderswohin:

»Ich habe mich später gut um sie gekümmert, weißt du, um die Tochter meines Vaters … Ich habe dazugelernt. Sie ist hübsch geworden, groß, blonder als du, und du gleichst ihr, du gleichst ihr … Ich glaube, sie hat sehr jung geheiratet … Das ist nicht sicher. Mehr weiß ich nicht, denn mein Vater hat sie dann wieder mitgenommen, so, wie er sie gebracht hatte, ohne irgendeine Erklärung. Sie hat nur ihre ersten Jahre mit uns verlebt, mit Eugène, Paul, Irma und mir, und mit dem großen

Affen Jean, in dem Haus, wo mein Vater Schokolade herstellte. Schokolade wurde damals aus Kakao, Zucker und Vanille gemacht. Ganz oben im Haus trockneten die Schokoladenziegel, die noch ganz weich auf der Terrasse ausgelegt wurden. Und jeden Morgen kündeten Schokoladentafeln mit Abdrucken in der Form fünfblättriger Blüten vom nächtlichen Besuch der Katzen … Ich hab sie vermisst, die Tochter meines Vaters, und stell dir vor, Minet-Chéri …«

Die Fortsetzung dieses Gesprächs fehlt in meiner Erinnerung. Der Schnitt ist so scharf, als wäre ich taub geworden in diesem Augenblick. Gleichgültig gegenüber der Tochter-meines-Vaters, ließ ich meine Mutter die Toten, die sie liebte, dem Vergessen entreißen und hing verträumt einem Duft nach, einem heraufbeschworenen Bild: dem Geruch von Schokolade in weichen Ziegeln und der Blume, erblüht unter den Pfoten einer streunenden Katze …

HOCHZEIT

Henriette Boisson wird nicht heiraten, auf sie kann ich nicht zählen. Sie trägt ein rundes Siebenmonatsbäuchlein vor sich her, das sie weder daran hindert, in ihrer Küche den Fliesenboden zu schrubben, noch die Wäsche auf die Leinen und die Spindelstrauchhecke zu hängen. Mit so einem Bauch heiratet man nicht, hier bei uns in der Gegend. Madame Pomié und Madame Léger haben meiner Mutter schon zwanzigmal gesagt: »Ich versteh nicht, dass Sie mit einer großen Tochter im Haus eine Dienstmagd behalten, die … eine Dienstmagd, die …«

Doch meine Mutter hat nur schroff geantwortet, lieber solle man »mit den Finger auf sie zeigen«, als dass sie eine Mutter und ihr Kleines auf die Straße setzt.

Also wird Henriette Boisson nicht heiraten. Aber Adrienne Septmance, die bei uns als Stubenmädchen arbeitet, ist hübsch, lebhaft, und seit einem Monat singt sie viel. Sie singt beim Nähen, sie trägt am Hals ein Schleifchen aus Satin, verschlungen mit Spitze, alles rund um ein bleiernes Motiv, das aussieht wie Markasit. Sie steckt sich einen perlenbesetzten Kamm ins schwarze Haar und zupft über dem strammsitzenden Mieder die Falten ihrer Vichy-Bluse zurecht, sooft sie an einem Spiegel vorbeikommt. Diese Symptome können nicht trügen, nach meiner Erfahrung. Ich bin dreizehneinhalb und weiß, wie ein Stubenmädchen mit Verehrer sich benimmt. Wird Adrienne Septmance heiraten? Das ist die Frage.

Die Septmances sind vier Mädchen, drei Jungen, etliche Cousins, und das alles lebt in einem alten und blumenumwachsenen, strohgedeckten Haus am Rande der Landstraße.

Was für eine hübsche Hochzeit bekäme ich dort geboten! Meine Mutter wird acht Tage lang jammern, von meinem »Umgang« reden, meinen »schlechten Manieren«, drohen, dass sie mich begleitet, am Ende darauf verzichten, aus Erschöpfung und angeborener Menschenscheu …

Ich beobachte Adrienne Septmance. Sie singt, schludert bei der Arbeit, läuft auf der Straße herum, lacht laut, in gekünsteltem Ton …

Ich rieche in ihrer Nähe das ordinäre Parfüm, das man hier bei Maumond kauft, dem Haarschneider, ein Parfüm, das man angeblich mit den Halsmandeln riecht und das an den süßlichen Urin der Pferde erinnert, wenn er auf den Landstraßen trocknet …

»Adrienne, Sie duften nach Patschuli!«, erklärt meine Mutter, die nie gewusst hat, was Patschuli ist …

Schließlich treffe ich in der Küche auf einen jungen Kerl, schwarzhaarig unter seinem weißen Strohhut, an der Wand sitzend und stumm wie ein Bursche, der in bester Absicht hier ist. Ich frohlocke, und meine Mutter blickt düster.

»Wen kriegen wir jetzt nach ihr?«, fragt sie beim Abendessen meinen Vater.

Aber hat mein Vater überhaupt bemerkt, dass Adrienne Septmance die Nachfolgerin von Marie Bardin ist?

»Sie haben uns eingeladen«, fügt meine Mutter hinzu. »Natürlich gehe ich nicht. Adrienne hat mich gefragt, ob die Kleine Brautjungfer sein darf ... Das ist unangenehm.«

»Die Kleine« ist aufgesprungen und sprudelt ihre vorbereitete Tirade hervor:

»Mama, ich geh mit Julie David und den ganzen Follets. Du weißt doch, mit den ganzen Follets musst du dir keine Sorgen machen, das ist so, als wärst du dabei, und Madame Follets Wagen bringt uns hin und wieder zurück, und sie hat gesagt, ihre Töchter dürfen nicht länger als bis zehn tanzen und ...«

Ich erröte und bin still, denn meine Mutter taxiert mich, anstatt zu jammern, mit zutiefst spöttischer Verachtung:

»Ich war auch einmal dreizehneinhalb«, sagt sie. »Du musst dich nicht so anstrengen. Sag doch einfach: ›Ich liebe Dienstbotenhochzeiten.‹«

Mein weißes Kleid mit purpurnem Gürtel, mein offenes Haar, das mich wärmt, meine goldbraunen Schühchen – viel zu kurz, viel zu kurz – und meine weißen Strümpfe, alles war seit dem Vorabend bereit, denn sogar meine Haare, straff geflochten, damit sie sich wellen, haben achtundvierzig Stunden lang an meinen Schläfen gezerrt.

Es ist schön, es ist glutheiß, das richtige Wetter für eine Hochzeit zwischen Feldern; die Messe hat nicht allzu lang gedauert. Der junge Follet hat mir beim Brautzug den Arm gereicht, aber nach dem Brautzug, was sollte er da mit einer dreizehnjährigen

Dame? … Madame Follet kutschiert den Wagen, der von uns überquillt, von unserm Gelächter, von ihren vier Töchtern in gleichem Blau, von Julie David in lila und rosa schillerndem Mohair. Die Wagen schaukeln über die Landstraße, und jetzt naht der Augenblick, den ich am meisten liebe …

Woher kommt meine flammende Begeisterung für Hochzeitsessen auf dem Land? Welcher Ahnherr vererbte mir über so genügsame Eltern diese Art religiöse Verehrung für Kaninchenragout, Lammkeule mit Knoblauch, weiche Eier in Rotwein, all das aufgetischt in einer Scheune, deren Wände verhängt sind mit grober Leinwand, und überall stecken leuchtend rote Junirosen? Ich bin erst dreizehn, und die übliche Speisenfolge dieser vierstündigen Gelage schreckt mich kein bisschen. Gläserne Kompottschüsselchen, gefüllt mit Würfelzucker, stehen aufgefädelt am Tisch: Jeder weiß, man soll zwischen den einzelnen Gängen den in Wein getunkten Zucker lutschen, weil er die Zunge reinigt und wieder Appetit macht. Bouilloux und Labbé, gargantueske Sonderlinge, schlagen sich bei den Septmances die Bäuche voll wie auch sonst überall, wo man heiratet. Labbé trinkt Weißwein aus einem Melkeimer, Bouilloux bekommt eine ganze Lammkeule vorgesetzt, von der nichts übrigbleibt als der blanke Knochen.

Lieder, Fressgelage, Besäufnis, Adriennes Hochzeit ist eine überaus hübsche Hochzeit. Fünf Fleischgänge, drei Zwischengerichte und die hochgetürmte Nougattorte, auf der eine Gipsrose wackelt. Seit vier Stunden rahmt das weit offene Scheunentor den grünen Tümpel, sein Schutzdach aus Ulmen, ein Stück Himmel, wo langsam das Abendrot heraufzieht. Adrienne Septmance, beschwipst und ganz verändert in ihrer Tüllwolke, hängt mit schwerer Mattigkeit an der Schulter ihres Gatten und wischt sich das schweißglänzende Gesicht. Ein langer knochiger Bauer grölt patriotische Strophen: »Rettet Paris! Rettet

Paris!«, und alles schaut ängstlich zu ihm, denn seine Stimme ist kraftvoll und traurig, und er kommt von weither: »Denkt bloß! Ein Mann aus Dampierre-sous-Bouhy! Mindestens dreißig Kilometer von hier!« Die Schwalben jagen und kreischen über dem saufenden Vieh. Die Brautmutter weint unerklärlicherweise. Julie David hat ihr Kleid bekleckert; die vier Follets in Blau leuchten im wachsenden Dunkel phosphorblau. Die Kerzen werden erst für den Tanzball entzündet ... Ein Glück außerhalb meines Alters, das subtile Glück eines satten Leckermauls lässt mich still dasitzen, abgefüllt mit Kaninchentunke, mit Huhn in weißer Buttersoße und mit süßem Wein ...

Rouillards schrille Geige kneift plötzlich alle in die Waden, die vier Follets und Julie und die Braut und die jungen Bäuerinnen mit den gefältelten Hauben. »Aufstellen zur Quadrille!« Mit den Tischen und Bänken werden auch die jetzt unnützen Labbé und Bouilloux hinausgeschleppt. Die lange Junidämmerung verstärkt die Gerüche der nahegelegenen Schweine- und Kaninchenställe. Ich bin wunschlos, zum Tanzen viel zu schwer, angeekelt und hochnäsig wie jemand, der sich mehr als satt gegessen hat. Ich glaube, das Gelage ist, wenigstens für mich, zu Ende ...

»Komm, wir gehen spazieren«, sagt Julie David.

Sie schleppt mich in den Gemüsegarten des Bauernhofs. Zertretener Sauerampfer, Salbei, grüner Lauch umduften unsre Schritte, und meine Gefährtin schwatzt. Ihre mit unzähligen Haarspangen festgesteckten Schäfchenlocken sind aufgelöst, und ihre blonde Kleinmädchenhaut glänzt auf den Wangen wie glattpolierter Apfel.

»Der junge Caillon hat mich geküsst ... Ich hab alles gehört, was der junge Bräutigam seiner jungen Braut gesagt hat ... Er hat gesagt: ›Noch einen Schottisch und wir verschwinden ...‹ Amandine Follet hat sich vor allen übergeben ...«

Mir ist heiß. Ein feuchter Kleinmädchenarm klebt an meinem, ich mache mich los. Die Haut von anderen ist mir zuwider … Ein Fenster an der Rückseite des Bauernhauses ist offen, erleuchtet; der Reigen aus Mücken und Nachtfaltern dreht sich um eine Pigeon-Lampe, die raucht.

»Das Schlafzimmer der Frischvermählten!«, flüstert Julie.

Das Schlafzimmer der Frischvermählten … Ein riesiger Schrank aus schwarzem Birnbaumholz erdrückt dieses niedrige Zimmer mit seinen weißen Wänden, zerquetscht zwischen sich und dem Bett einen Strohstuhl. Zwei große Sträuße aus Rosen und Kamillen, verschnürt wie Reisigbündel, welken auf dem Kamin in blauen Glasvasen und verströmen bis hinaus in den Garten den starken, fauligen Duft, der Leichenzüge umweht … Unter roten Baumwollvorhängen das schmale und hohe Bett, das mit Federn vollgestopfte, mit Gänsedaunenkissen aufgeplusterte Bett, das Bett, in dem dieser Tag endet mitsamt seinen Schwaden von Schweiß, Weihrauch, Viehdunst und Soßendampf …

Der Flügel einer Lichtmotte knistert in der Flamme der Lampe und löscht sie beinah. Auf das niedrige Fenster gestützt, atme ich den Menschengeruch, noch unerträglicher durch tote Blumen und Petroleum, der sich am Garten versündigt. Demnächst kommen die Frischvermählten hierher. Daran hatte ich nicht gedacht. Sie werden in dieses tiefe Gefieder eintauchen. Man wird hinter ihnen die wuchtigen Fensterläden schließen, die Tür, alle Ausgänge dieses kleinen stickigen Grabs. Zwischen ihnen wird es diesen dunklen Kampf geben, über den die kecke Naivität meiner Mutter und das Leben der Tiere mir zu viel gesagt haben und zu wenig … Und dann? … Ich habe Angst vor diesem Zimmer, vor diesem Bett, an das ich nicht gedacht hatte. Meine Gefährtin lacht und plappert …

»Sag, hast du gesehen, dass der junge Follet sich die Rose ins

Knopfloch gesteckt hat, die ich ihm geschenkt hab? Sag, hast du gesehen, dass Nana Bouilloux einen Chignon trägt? Mit dreizehn, unglaublich! … Wenn ich einmal heirate, sage ich Mama ganz unverblümt … Wohin gehst du denn? wohin gehst du?«

Ich renne, trete auf Salat und die Hügel des Spargelbeets.

»Wart auf mich! Was hast du auf einmal?«

Julie holt mich erst am Gartenzaun wieder ein, unter dem staubigroten Lichtkreis, der die Lampen des Tanzballs umwabert, neben der von Posaune, Gelächter und Fußgestampf dröhnenden Scheune, der beruhigenden Scheune, wo ihre Ungeduld endlich die am wenigsten erwartete Antwort bekommt, hinausgeplärrt zwischen den Tränen eines verstörten kleinen Mädchens:

»Ich will heim zu Mama …«

MEINE SCHWESTER MIT DEM LANGEN HAAR

Ich war zwölf, Ausdrucksweise und Manieren eines intelligenten, leicht ruppigen Jungen, aber der Gang war kein bisschen jungenhaft, wegen eines schon weiblich geformten Körpers und vor allem wegen zwei langer Zöpfe, die um mich herumpfiffen wie Peitschen. Sie dienten mir als Seile, die ich unter dem Henkel des Jausenkorbs durchzog, als Pinsel, die ich in Tinte oder Farbe tauchte, als Ruten, um den Hund zu strafen, als Schnur, um mit der Katze zu spielen. Meine Mutter stöhnte, wenn sie mit ansah, wie ich diese goldig kastanienbraunen Steigbügelriemen misshandelte, deretwegen ich jeden Morgen eine halbe Stunde früher aufstehen musste als meine Schulkameradinnen. An finsteren Wintermorgen um sieben schlief ich im Sitzen wieder ein, vor dem Holzfeuer, unterm Lampenlicht, während meine Mutter mir den baumelnden Kopf bürstete und kämmte. Wegen solcher Morgen entstand bei mir die zähe Abneigung gegen langes Haar ... Lange Haare fanden sich verfangen zwischen den niedrigen Zweigen der Bäume im Garten, lange Haare klemmten im Gerüst, an dem Trapez und Schaukel hingen. Ein Küken im Hühnerhof galt von Geburt an als verkrüppelt, bis wir entdeckten, dass ein langes Haar, von Hautwucherungen überwachsen, eines der Füßchen abschnürte und verkümmern ließ ...

Langes Haar, barbarischer Schmuck, Vlies, in dem Tiergeruch haust, du, das man im Geheimen und fürs Geheime pflegt, das man verschlungen und zusammengerollt zeigt, aufgelöst aber verbirgt, wer badet in deiner Flut, hinabwallend bis zu den Lenden? Eine Frau, die man beim Richten ihrer Frisur überrascht, flieht, als wäre sie nackt. Liebe und Alkoven sehen dich kaum öfter als ein Vorübergehender. Offen, überziehst du das Bett mit einem Netz, das die empfindliche Haut schlecht verträgt, mit Gräsern, in denen die suchende Hand sich verfängt. Es gibt wohl einen Augenblick, am Abend, wenn die Nadeln herabfallen und das Gesicht scheu glänzt zwischen wirren Wogen – es gibt einen andern, ähnlichen Augenblick, am Morgen ... Und wegen dieser beiden Augenblicke ist alles, was ich soeben gegen dich schrieb, langes Haar, ganz bedeutungslos.

Gekämmt auf elsässische Art, zwei flatternde kleine Schleifen an meinen Zopfenden, Scheitel in der Kopfmitte, schön hässlich gemacht mit den bloßen Schläfen und den Ohren, die zu weit weg sind von meiner Nase, so ging ich bisweilen hinauf zu meiner Schwester mit dem langen Haar. Mittags las sie bereits, denn unsere Mahlzeit war um elf Uhr beendet. Morgens im Bett las sie ebenfalls. Beim Knarzen der Tür wandte sie kaum ihre schwarzen Mongolenaugen, zerstreut, verschleiert von irgendeinem empfindsamen Roman oder blutigen Abenteuer.

Eine heruntergebrannte Kerze zeugte von langem Wachsein. Die perlgraue Zimmertapete mit Kornblumen trug rund ums Bett Spuren der Streichhölzer, die meine Schwester mit dem langen Haar nachts in ihrer leichtsinnigen Grobheit entzündete. Ihr keusches Nachthemd mit langen Ärmeln und kleinem Umlegekragen ließ nur einen merkwürdigen Kopf sehen, von anziehender Hässlichkeit, mit hohen Wagenknochen, mit dem sarkastischen Mund einer hübschen Kalmückin. Die dichten, beweglichen Augenbrauen zuckten wie zwei seidige Raupen, und die kleine Stirn, der Nacken, die Ohren, alles, was weißes, ein bisschen anämisches Fleisch war, schien im Voraus verurteilt, überwuchert zu werden vom Haar.

Sie waren so ungewöhnlich in ihrer Länge, Stärke und Dichte, Juliettes Haare, dass sie niemals, wie eigentlich verdient, Bewunderung oder Neid weckten. Meine Mutter sprach von ihnen wie von einem unheilbaren Übel. »O mein Gott! Ich muss Juliette kämmen gehen«, seufzte sie. An schulfreien Tagen, um zehn, sah ich meine Mutter erschöpft aus dem ersten Stock kommen und die ganze Gerätschaft aus Kämmen und Bürsten hinwerfen: »Ich kann nicht mehr … Mir tut das linke Bein weh … Ich habe Juliette gekämmt …«

Schwarz, durchzogen von fuchsroten Strähnchen, leicht gewellt, bedeckten Juliettes aufgelöste Haare sie tatsächlich ganz und gar. Wenn meine Mutter die Zöpfe aufflocht, fiel ein schwarzer Vorhang über den Rücken; Schultern, Gesicht und Rock verschwanden ihrerseits, und man sah nur noch ein seltsames kegelförmiges Zelt, bestehend aus dunkler Seide mit großen, parallel herabfließenden Wogen, und darin erschien kurz ein asiatisches Gesicht, wenn zwei kleine Hände vorsichtig den Zeltstoff bearbeiteten.

Diese Schutzhülle wurde zu vier Zöpfen gefaltet, zu vier Stricken, so dick wie ein kräftiges Handgelenk, glänzend wie

Wasserblindschleichen. Zwei entsprangen an den Schläfen, zwei andere über dem Nacken, links und rechts von einem Strich aus bläulicher Haut. Eine Art lächerliches Diadem krönte schließlich die junge Stirn, ein andrer Kuchen aus Zöpfen hing weiter unten schwer im gedemütigten Nacken. Die vergilbten Porträts von Juliette sind der Beweis: Nie gab es ein schlechter frisiertes Mädchen.

»Das arme Kind!«, sagte Madame Pomié und schlug die Hände zusammen.

»Kannst du deinen Hut nicht gerade aufsetzen?«, fragte Madame Donnot Juliette nach der Messe. »Ach, mit deinem Haar … Das ist ja kein Leben, mit Haaren, wie du sie hast …«

Am Donnerstagmorgen gegen zehn war es also nicht selten, dass ich meine Schwester mit dem langen Haar noch im Bett antraf, und zwar lesend. Stets blass, ganz vertieft, las sie mit hartem Gesichtsausdruck, neben einer Tasse kalt gewordener Schokolade. Trat ich ein, wandte sie den Kopf kaum merklicher als beim Ruf: »Juliette, steh auf!«, der vom Erdgeschoss hochdrang. Sie las, unbewusst eine ihrer Haarschlangen ums Handgelenk wickelnd, und ließ manchmal, ohne mich zu sehen, den Blick der Monomanen zu mir schweifen, jenen Blick, der weder Alter hat noch Geschlecht, erfüllt von dunklem Argwohn und einer für uns unergründlichen Ironie.

Ich genoss in diesem Jungmädchenzimmer eine erhabene Langeweile, die mich stolz machte. Der Rosenholzsekretär barg eine Fülle unantastbarer Wunderdinge; meine Schwester mit dem langen Haar verstand keinen Spaß, wenn es um ihren Pastellkasten ging, um ihr Zirkeletui und einen bestimmten Halbmond aus durchsichtigem weißen Horn, mit eingravierten Zentimetern und Millimetern – allein die Erinnerung macht mir den Mund wässrig wie ein Stück Zitrone. Das satinierte, nachtblaue Papier zum Abpausen der Stickmuster, den

Schnurlochstecher zum Stechen der »Räder« in der Englischen Stickerei, die Filetnadeln zum Netzen, Filetnadeln aus Elfenbein, mandelweiß, und die Seidenspulen, pfauenfarbig, und den chinesischen Vogel, auf Reispapier gemalt, den meine Schwester in »Spannstich« nachstickte, auf Sammetgrund … Und die Ballkärtchen aus Perlmutt, die am unnützen Fächer eines jungen Mädchens hängen, das nie auf einen Ball geht …

Sobald meine Gier bezwungen war, langweilte ich mich. Zwar konnte ich durchs Fenster in den *Garten gegenüber* schauen, wo unsere Katze Zoé irgendeinen Kater verdrosch. Zwar ergoss bei Madame Saint-Alban, im angrenzenden Garten, die seltene Klematis – sie zeigte unterm weißen Fleisch ihrer Blüte, gleich spärlichem Blut unter zarter Haut, malvenrote Äderchen – eine leuchtende Flut sechszackiger Sterne … Zwar brüllte linker Hand, an der Ecke zur schmalen Rue des Sœurs, Tatave, unser Dorftrottel, der angeblich harmlos war, ganz schauderhaft, ohne dass sein Gesicht sich im leisesten verzog … Dennoch, ich langweilte mich …

»Was liest du, Juliette? … Sag, Juliette, was liest du? … Juliette! …«

Die Antwort ließ auf sich warten, als hätten uns Meilen an Raum und Stille getrennt.

»*Fromont junior und Risler senior.*«

Oder:

»*Die Kartause von Parma.*«

Die Kartause von Parma, *Der Vicomte de Bragelonne*, *Graf Camors*, *Der Pfarrer von Wakefield*, *Die Bartholomäusnacht*, *Die Erde*, *Lorenzaccio*, *Pariser Ungeheuer*, *Grande-Maguet*, *Die Elenden* … Auch Verse, seltener. Fortsetzungsromane aus *Le Temps*, ausgeschnitten und zusammengeheftet; alle Jahrgänge der *Revue des Deux Mondes*, der *Revue bleue*, des *Journal des dames et des demoiselles*, Voltaire und Ponson du Terrail … Romane steckten in Kissen, füllten den Nähkorb, verrotteten im Garten, vom Regen aufgeweicht. Meine Schwester mit dem langen Haar sprach nicht mehr, aß kaum noch, begegnete uns überrascht im Haus, schreckte hoch, wenn es läutete …

Meine Mutter wurde böse, wachte in der Nacht, um die Lampe zu löschen, konfiszierte die Kerzen: Meine Schwester mit dem langen Haar bekam Schnupfen, verlangte für ihr Zimmer ein Öllicht zum Warmhalten ihres Kräutertees und las beim Flämmchen des Öllichts. Aufs Öllicht folgten die Streichholzschachteln und der Mondschein … Nach dem Mondschein wurde meine Schwester mit dem langen Haar, erschöpft durch romanverschuldete Schlaflosigkeit, von einem Fieber gepackt, und das Fieber sank weder durch Kompressen noch Abführmittel.

»Es ist Typhus«, sagte eines Morgens Doktor Pomié.

»Typhus? oh! aber Herr Doktor … Wieso? Das ist nicht ihr letztes Wort?«

Meine Mutter wunderte sich, leicht empört, noch nicht besorgt. Ich erinnere mich, sie stand auf der Außentreppe, schwenkte fröhlich, wie ein Taschentuch, Doktor Pomiés Rezept.

»Auf Wiedersehen, Herr Doktor! … Bis bald! … Ja, ja, gut, kommen Sie morgen wieder!«

Ihre flinke Rundlichkeit füllte die ganze Außentreppe, und sie schimpfte mit dem Hund, der nicht ins Haus wollte. Das Rezept in der Hand, ging sie mit zweiflerischer Grimasse zu meiner Schwester, die wir schlafend und fiebrig vor sich hin murmelnd zurückgelassen hatten. Juliette schlief nicht mehr; die Mongolenaugen, die vier Zöpfe glänzten schwarz im weißen Bett.

»Heute stehst du nicht auf, mein Schatz«, sagte meine Mutter. »Doktor Pomié hat ausdrücklich empfohlen … Willst du kühle Limonade trinken? Soll ich dein Bett ein wenig richten?«

Meine Schwester mit dem langen Haar antwortete nicht gleich. Doch ihre schrägstehenden Augen betrachteten uns mit einem regen Blick, in dem ein neues Lächeln funkelte, ein gefallsüchtiges Lächeln. Kurz darauf:

»Sind Sie's, Catulle?«, fragte sie mit zarter Stimme.

Meine Mutter zuckte zusammen, trat einen Schritt näher.

»Catulle? Was für ein Catulle?«

»Na, Catulle Mendès«, erwiderte die zarte Stimme. »Sind Sie's? Sehen Sie, ich bin gekommen. Ich hab Ihr blondes Haar ins ovale Medaillon getan. Octave Feuillet war heute Morgen hier, was für ein Unterschied! … Schon aufgrund seiner Fotografie wusste ich … Ich hasse Backenbärte. Außerdem mag ich nur Blonde. Hatte ich Ihnen gesagt, dass ich ein wenig Pastellrot auf Ihre Fotografie getupft hab, da, wo der Mund ist? Schuld sind Ihre Verse … Vielleicht tut mir dieser kleine rote Punkt so weh im Kopf, seither … Nein, wir treffen hier niemand … Ich kenne sowieso niemand in dieser Gegend. Schuld ist dieser kleine rote Punkt … und der Kuss … Catulle … Ich kenne niemand hier in der Gegend. Vor aller Welt erkläre ich laut, nur Sie allein …«

Meine Schwester verstummte, klagte bitter und unleidlich, drehte sich zur Wand und klagte weiter, viel leiser, wie von fernher. Ein Zopf hing ihr übers Gesicht, glänzend, rund, lebensprall. Meine Mutter, reglos, hatte den Kopf vorgestreckt, um besser zu hören, und starrte mit einer Art Grauen auf diese Fremde, die in ihrem Fieberwahn bloß nach Unbekannten rief. Dann blickte sie um sich, sah mich und befahl hastig:

»Geh hinunter …«

Und wie von Scham erfasst, schlug sie beide Hände vors Gesicht.

MUTTERSCHAFT

Kurz nach ihrer Hochzeit unterlag meine Schwester mit dem langen Haar den Einflüsterungen ihres Mannes und ihrer Schwiegerfamilie und besuchte uns nicht mehr, zugleich setzte sich die furchtbare Maschinerie aus Notaren und Anwälten in Gang. Ich war elf, zwölf und verstand nichts von Ausdrücken wie »sorglose Vormundschaft, unverzeihliche Verschwendungssucht«, die auf meinen Vater zielten. Es folgte der Bruch zwischen dem jungen Paar und meinen Eltern. Für meine Brüder und mich bedeutete das keine große Veränderung. Ob meine Halbschwester – dieses anmutige und wohlgestaltete Mädchen mit dem kalmückischen Gesicht, überwuchert von Haaren, beladen mit ihren Zöpfen wie mit ebenso vielen Ketten – sich den ganzen Tag in ihr Zimmer einschloss oder mit ihrem Gatten in ein Nachbarhaus zurückzog, wir sahen keinen Unterschied oder Nachteil. Zudem spürten meine anderswo lebenden Brüder nur die abgeschwächten Erschütterungen eines Dramas, das unser ganzes Dorf aufmerksam verfolgte. Eine Familientragödie ereignet sich in einer großen Stadt unauffällig, und ihre Helden können einander geräuschlos Verletzungen zufügen. Aber ein Dorf, das jahrein, jahraus in Lethargie und Frieden lebt, das seine Gier mit dürftigem Klatsch über Wilderei und Liebelei stillt, das Dorf hat kein Mitleid, und niemand wendet aus warmherziger Rücksicht den Kopf, wenn eine Frau vorübergeht, die durch Geldsorgen in weniger als einem Tag um ein Kind ärmer wurde.

Man redete nur von uns. Man stand morgens Schlange vor Léonores Metzgerei, um meine Mutter zu treffen, und zwang sie, ein klein bisschen von sich selbst preiszugeben. Frauenzimmer, die tags zuvor noch keineswegs blutrünstig waren, labten sich gemeinsam an ein paar ihrer kostbaren Tränen, an den wenigen, ihrer mütterlichen Empörung entrissenen Klagen. Erschöpft kam sie zurück, hechelnd wie ein gejagtes Tier. In ihrem Haus fasste sie wieder Mut, zwischen meinem Vater und mir, schnitt Brot für die Hühner, begoss den Braten am Spieß, nagelte mit der ganzen Kraft ihrer kleinen Hände und stämmigen Arme eine Kiste für die hochträchtige Katze, wusch meine Haare mit Eigelb und Rum. Ihren Kummer bezwang sie mit grausamen Kunstgriffen, und manchmal hörte ich sie singen. Doch abends ging sie selber hinauf, um die Fensterläden im ersten Stock zu schließen, und betrachtete – noch jenseits unseres *Gartens gegenüber,* hinter einer Zwischenmauer – den Garten, das Haus, in dem meine Schwester wohnte. Sie sah Erdbeerbeete, Apfelbaumspaliere und Phloxbüsche, drei Stufen, die zu einer Außentreppe mit Terrasse führten, darauf Orangenbäume in Kübeln und Korbstühle. Eines Abends – ich stand hinter ihr – erkannten wir auf einem der Stühle einen violettgoldenen Schal, er stammte aus der letzten Genesungszeit meiner Schwester mit dem langen Haar. Ich rief: »Ha! siehst du, Juliettes Schal?« und erhielt keine Antwort. Ein komisches abgehacktes Geräusch, wie ein ersticktes Lachen, verklang mit den Schritten meiner Mutter auf dem Flur, nachdem sie alle Fensterläden geschlossen hatte.

Monate verstrichen, und es änderte sich nichts. Die undankbare Tochter blieb in ihrem Haus, ging stocksteif an unsrer Tür vorbei, doch es passierte, dass sie unvermutet meine Mutter erblickte und wegrannte, wie ein kleines Mädchen, das Angst hat vor einer Ohrfeige. Ich begegnete ihr gleichmütig, verwundert über diese Fremde, die unbekannte Hüte trug und neue Kleider.

Eines Tages lief das Gerücht, sie bringe demnächst ein Kind zur Welt. Aber ich dachte kaum noch an sie, und mir fiel nicht auf, dass meine Mutter gerade in dieser Zeit an nervösen Ohnmachtszuständen litt, an Magenschmerzen mit Schwindel, an Herzrasen. Ich erinnere mich nur, dass der Anblick meiner unförmigen, aufgequollenen Schwester mich verlegen machte und empörte ...

Weitere Wochen verstrichen ... Meine stets lebhafte, geschäftige Mutter entfaltete ihre Geschäftigkeit auf etwas verworrene Weise. Sie zuckerte eines Tages die Erdbeertorte mit Salz, und anstatt zerknirscht zu sein, beantwortete sie die Vorwürfe meines Vaters mit einem verschlossenen, spöttischen Gesicht, das mich verstörte.

An einem Sommerabend, wir drei waren gerade mit dem Essen fertig, kam eine Nachbarin herein, ohne Kopfbedeckung, wünschte uns in gekünsteltem Ton guten Abend, flüsterte meiner Mutter zwei geheimnisvolle Worte ins Ohr und verschwand sogleich wieder. Meine Mutter stöhnte: »O mein Gott! ...« und blieb stehen, die Hände auf den Tisch gestützt.

»Was ist los?«, fragte mein Vater.

Mit großer Anstrengung löste sie den starren Blick vom Lampenlicht und sagte:

»Es hat angefangen ... da drüben ...«

Ich begriff so ungefähr und ging früher als gewöhnlich in mein Zimmer, eines der drei Zimmer, die auf den *Garten gegenüber* schauten. Nachdem ich meine Lampe gelöscht hatte, öffnete ich das Fenster und spähte, über den im Mondschein violett flimmernden Garten hinweg, nach dem geheimnisvollen Haus mit den fest verrammelten Läden. Die Dorfnacht tauchte alles in Stille, und ich hörte nur Hundegebell, Krallen einer Katze, die eine Baumrinde zerfetzten. Dann huschte ein Schatten im weißen Morgenrock – meine Mutter – über die Straße, betrat den *Garten gegenüber*. Ich sah, dass sie den Kopf hob, mit dem Blick die Zwischenmauer abschätzte, als wollte sie hinüberklettern. Dann lief sie auf dem kurzen Mittelweg hin und her, brach gedankenlos ein Zweiglein vom duftenden Lorbeer, das sie zerquetschte. Im kalten Licht des Vollmonds entging mir keine ihrer Bewegungen. Reglos, das Gesicht zum Himmel erhoben, lauschte sie, wartete. Ein langer Schrei, hauchdünn, abgedämpft durch Entfernung und Mauern, drang gleichzeitig zu ihr und zu mir, und sie schlug sich die Hände überkreuz vor die Brust. Ein zweiter Schrei, auf demselben Ton gehalten wie der Anfang einer Melodie, schwebte in der Luft, und ein dritter … Da sah ich, wie meine Mutter beide Hände flach gegen den eigenen Schoß presste und sich im Kreis drehte und mit den Füßen die Erde stampfte, und durch ein leises Stöhnen, durch ein Wiegen ihres gequälten Leibs und die Umklammerung ihrer nutzlosen Arme, durch all ihre mütterliche Pein und Kraft begann sie Pein und Kraft der undankbaren Tochter mitzutragen, zu unterstützen, während diese so nah, so fern von ihr gebar.

»PARISER MODE«

»Zwanzig Sou erster Rang, zehn Sou zweiter Rang, fünf Sou Kinder und Stehplätze.« So viel kosteten einstmals unsere Kunstgenüsse, wenn eine Truppe fahrender Komödianten für einen Abend Station machte in meinem Heimatdorf. Der Trommler musste die dreizehnhundert Seelen des Bezirkshauptstädtchens unterrichten, er verkündete das Ereignis gegen zehn Uhr morgens mit lautem Wirbeln. Die Stadt geriet bei seinem Durchmarsch in Aufruhr. Kinder wie ich hüpften unter schrillem Geschrei. Junge Mädchen, den Kopf voller Lockenwickler, verharrten einen Augenblick reglos, von glücklicher Überraschung gelähmt, dann rannten sie wie bei Hagelschlag. Und meine Mut-

ter klagte mit leiser Hinterlist: »Allmächtiger! Minet-Chéri, du willst mich hoffentlich nicht in das *Martyrium einer Frau* schleppen? Das ist so langweilig! Die gemarterte Frau bin dann ich ...« Zugleich legte sie Brennschere und Tolleisen bereit, um eigenhändig ihr hübschestes Jabot aus feinem Batist zu fälteln ...

Rauchende Lampen mit Blechreflektoren, Bänke, härter als Schulbänke, Bühnenbild aus abgeblätterter bemalter Leinwand, Schauspieler, so trübselig wie Tiere in Gefangenschaft, mit welcher Schwermut habt ihr mein abendliches Vergnügen geadelt ... Diese Dramen nämlich erfüllten mich mit kaltem Schauder, und ich konnte, als ganz kleines Mädchen, mich nie über lumpige Vaudevilles amüsieren oder einstimmen in das kränkliche Gelächter eines Komikers.

Welcher Zufall führte eines Tages eine richtige Truppe von Wanderschauspielern zu uns, ausgestattet mit Kulissen, Kostümen, alle sauber gekleidet, auch nicht zu mager, angeführt von einer Art gestiefeltem Kunstreiter mit Hemdbrust aus weißem Piqué? Wir zögerten nicht, drei Franc pro Kopf auszugeben und uns die *Tour de Nesle* anzuhören, mein Vater, meine Mutter und ich. Der neue Preis verschreckte jedoch unser knausriges Dorf, und bereits am nächsten Tag verließ uns die Truppe, errichtete ihre Zelte in X..., einem Nachbarstädtchen, aristokratisch und schmuck, hingekauert zu Füßen seines Schlosses, niedergeduckt vor seinen adligen Schlossherrn. Die *Tour de Nesle* spielte vor vollem Haus, und die Schlossherrin beglückwünschte nach der Aufführung öffentlich Monsieur Marcel d'Avricourt, den Hauptdarsteller, einen hochgewachsenen jungen Mann von ansprechender Erscheinung, der die Klinge schwang wie ein Spazierstöckchen und unter dichten Wimpern Antilopenaugen verbarg. Mehr brauchte es nicht, dass man am nächsten Abend bei *Denise* fast erstickte. Am folgenden Tag, einem Sonntag, beehrte Monsieur d'Avricourt im Frack die Elf-Uhr-Messe, bot zwei errötenden Mädchen Weihwasser und entschwand, ohne in die aufgewühlten Gesichter zu blicken, ein Taktgefühl, das ganz X… noch Stunden später lobte, bei der Nachmittagsvorstellung von *Hernani*, wo man Besucher abwies.

Die Frau des jungen Notars in X… war nicht schüchtern. Sie erlaubte sich spontane und kecke Entscheidungen, ließ die Kleider der »Schlossdamen« nachschneidern, sang und begleitete sich dazu, trug eine Frisur mit Pudellöckchen auf der Stirn. Am nächsten Tag in aller Früh ging sie, um eine große Blätterteigpastete zu bestellen, ins Hôtel de la Poste, wo Monsieur d'Avricourt logierte, und lauschte dem Geschwätz der Wirtin:

»Für acht Personen, Madame? Samstag um sieben, ganz pünktlich! Ich muss nur noch heiße Milch für Monsieur d'Avricourt aufstellen, und dann notiere ich Ihre Bestellung … Ja, Madame, der wohnt hier … Ach! Madame, nie würde man ihn für einen Schauspieler halten! Eine Stimme wie ein junges Mädchen … Und sobald er nach dem Mittagessen seinen Spaziergang gemacht hat, geht er hinauf ins Zimmer und setzt sich an seine Handarbeit.«

»Seine Handarbeit?«

»Er stickt, Madame! Richtige Feenhände! Er ist fast fertig mit einer Klavierdecke im Spannstich, die könnte man ausstellen! Meine Tochter hat das Muster abgepaust …«

Die Frau des jungen Notars belauerte noch am selben Tag Monsieur d'Avricourt, traumverloren unter den Linden, richtete das Wort an ihn und fragte nach einer gewissen Klavierdecke, deren Muster und Ausführung … Monsieur d'Avricourt errötete, verbarg mit einer Hand seine Gazellenaugen, ließ zwei, drei merkwürdige kleine Schreie hören und murmelte verlegen:

»Kindereien! … Kindereien, angestachelt durch die Pariser Mode …«

Ein fliegenscheuchendes Wedeln von anmutiger Affektiertheit beendete den Satz. Worauf die Notarin mit einer Einladung zum Tee antwortete:

»Oh! Nur ein kleiner Tee im trauten Kreis, und jeder kann seine Handarbeit mitbringen ...«

In derselben Woche feierte *Der Schwiegersohn des Herrn Poirier* einen ungeheuren Erfolg, neben *Hernani*, *Der Bucklige* und *Die beiden Schüchternen*, getragen von der Begeisterung eines nimmermüden Publikums. Die Vorsteherin der Registratur, die Apothekerin und die Steuereinnehmerin übernahmen von Monsieur d'Avricourt die Farbe seiner Krawatten, seine Art zu gehen, zu grüßen, inmitten eines kristallhellen Lachens kleine spitze Gluckslaute auszustoßen, eine Hand auf die Hüfte zu stützen wie auf einen Degenknauf – und das Sticken. Der gestiefelte Kunstreiter, Anführer der Truppe, erlebte glückliche Stunden, schickte Überweisungen an den Crédit Lyonnais und saß nachmittags im Café de la Perle, in Gesellschaft des adligen Vaters, des Komikers mit dem stattlichen Zinken und der leicht plattnasigen Verführerin.

Diesen Augenblick wählte der seit rund vierzehn Tagen abwesende Schlossherr, um aus Paris heimzukehren und beim Notar von X... Ratschläge einzuholen. Die Notarin servierte gerade den Tee. Neben ihr zählte der erste Notariatskanzlist, ein knochiger und ehrgeiziger Riese, seine Stiche auf dem sorgfältig in den Stickrahmen gespannten Etamin. Der Sohn des Apothekers, ein kleiner Nachtschwärmer mit dem Gesicht eines Kutschers, zauberte ineinander verschlungene Initialen auf ein Zierdeckchen, und der dicke Glaume, Witwer auf Freiersfüßen, füllte mit abwechselnd weinroter und güldener Wolle das Karomuster eines Pantoffels. Sogar der alte, zittrige Monsieur Demange versuchte sich an einem grobgewebten Kanevas ... Im Stehen rezitierte Monsieur d'Avricourt Verse, beweihräuchert von den Seufzern der müßigen Frauen, und sein orientalischer Blick ruhte dabei nicht auf ihnen.

Ich habe eigentlich nie erfahren, durch welch knappe Bemerkung oder welch noch strengeres Schweigen der Schlossherr die »neueste Pariser Mode« diskreditierte und der bizarren Verblendung dieser guten Leute ein Licht aufsteckte, die ihn alle mit erhobener Nadel anstarrten. Doch so manches Mal habe ich erzählen gehört, dass am nächsten Morgen die Truppe ihr Lager abbrach und im Hôtel de la Poste nichts zurückblieb von Lagardère, Hernani, dem unverschämten Schwiegersohn des Herrn Poirier – nichts als ein vergessener Strang Seidengarn und ein Fingerhut.

DIE KLEINE BOUILLOUX

Diese kleine Bouilloux war so hübsch, dass es uns auffiel. Es ist nicht üblich, dass kleine Mädchen die Schönheit einer der ihren erkennen und würdigen. Aber die unumstrittene kleine Bouilloux war entwaffnend. Wenn meine Mutter ihr auf der Straße begegnete, hielt sie die kleine Bouilloux fest, beugte sich über sie, wie sonst nur über ihre safrangelbe Rose, über ihren Kaktus mit purpurner Blüte, über ihren Pinien-Falter, der vertrauensvoll auf der schuppigen Rinde schlief. Sie berührte das lockige Haar, goldbraun wie halbreife Kastanien, die hauchzarte rosa Wange der kleinen Bouilloux, bestaunte, wie die unendlich langen Wimpern über den feuchten und großen dunklen Augen blinzelten, wie die Zähne glänzten unter makellosen Lippen, ließ das Kind schließlich weitergehen und schaute ihm seufzend hinterher:

»Was für ein Wunder! …«

Einige Jahre verstrichen, schenkten der kleinen Bouilloux noch größeren Liebreiz. Es gab Ereignisse, an die unsre Bewunderung feierlich zurückdachte: eine Preisverteilung in der Schule, bei der die kleine Bouilloux, scheu und ganz leise eine unverständliche Fabel aufsagend, unter ihren Tränen funkelte wie ein Pfirsich im Regenguss … Die Erstkommunion der kleinen Bouilloux erregte Empörung: Sie ging nach dem Vespergottesdienst einen Schoppen trinken ins Café du Commerce, mit ihrem Vater, dem Brettersäger, und tanzte am Abend, schon sehr weiblich und kokett, in ihren weißen Schühchen schwebend, auf dem öffentlichen Ball.

Mit der stolzen Miene, an die wir gewöhnt waren, verkündete sie, nun wolle sie eine Lehre antreten.

»Aha! … Bei wem?«

»Bei Madame Adolphe.«

»Aha! … Wirst du gleich Geld verdienen?«

»Nein, ich bin erst dreizehn, Geld verdiene ich ab nächstem Jahr.«

Sie ging völlig ungerührt von dannen, und wir ließen sie gleichgültig ziehen. Ihre Schönheit isolierte sie schon jetzt, und sie hatte keine Freundinnen in der Schule, wo sie wenig lernte. Ihre Sonntage und Donnerstage brachten sie uns auch nicht näher, sondern gehörten einer »schlecht angeschriebenen« Familie, achtzehnjährigen Cousinen, die dreist vor der Türschwelle lungerten, Brüdern, allesamt Lehrlinge in der Wagnerei, die mit vierzehn »Krawatten trugen« und rauchten, ihre Schwester am Arm, zwischen der »Pariser Schießbude« auf der Kirmes und dem fröhlichen »Ausschank«, den Pimolles Witwe so vorzüglich führte.

Schon am nächsten Morgen sah ich die kleine Bouilloux, denn sie ging hinauf zu ihrer Schneiderwerkstatt und ich hinunter zur Schule. Vor Verblüffung, neidischer Bewunderung blieb ich in der Rue des Sœurs wie angewurzelt stehen und schaute Nana Bouilloux hinterher. Sie hatte ihren schwarzen Schulkittel, ihr kurzes Kleinmädchenkleid eingetauscht gegen einen langen Rock, gegen ein Mieder aus rosa Satinet mit einfach gelegten Falten. Eine schwarze Mohairschürze zierte die vordere Rockseite, und ihr wippendes Haar, diszipliniert und zu einer festen »Acht« verschlungen, krönte die bezaubernde neue Form eines hochnäsigen runden Köpfchens, das nichts Kindliches mehr hatte außer seiner Frische und der ungezähmten Frechheit eines kleinen Dorfliederjans.

Die oberste Schulklasse sirrte an diesem Morgen wie ein Bienenstock.

»Ich habe Nana Bouilloux gesehen! ›Lang‹, meine Liebe, ganz lang ist sie gekleidet! Mit Chignon! Und einer baumelnden Schere!«

Hechelnd kam ich zu Mittag nach Hause, schrie voller Ungeduld:

»Mama! Ich habe Nana Bouilloux gesehen! Sie ist an unsrer Haustür vorbeigekommen! Lang, Mama, ganz lang ist sie gekleidet! Und mit Chignon! Und mit hohen Absätzen, und mit einer baumelnden …«

»Iss, Minet-Chéri, iss, dein Kotelett wird kalt.«

»Und mit einer Schürze, Mama, oh! mit einer so hübschen Schürze aus Mohair, ganz wie aus Seide! … Könnte ich nicht auch …«

»Nein, Minet-Chéri, du könntest nicht.«

»Aber wenn doch Nana Bouilloux kann …«

»Ja, sie kann, und sie muss sogar mit dreizehn Chignon tragen, kurzes Schürzchen, langen Rock; das ist die Uniform aller kleinen Bouilloux dieser Welt, mit dreizehn – leider.«

»Aber …«

»Ja, du hättest auch gern eine vollständige Kleine-Bouilloux-

Uniform. Die besteht aus allem, was du gesehen hast, dazu noch: ein gut versteckter Brief in der Schürzentasche, ein Verehrer, der nach Wein riecht und nach billiger Zigarre, zwei Verehrer, drei Verehrer ... und etwas später ... viele Tränen ... ein geheim gehaltenes, kränkliches Kind, das monatelang fest zusammengeschnürt war unter Korsettstangen ... Das, Minet-Chéri, ist die vollständige Uniform der kleinen Bouilloux. Willst du sie?«

»Nein, nein, Mama ... Ich wollte probieren, ob der Chignon ...«

Meine Mutter schüttelte mit spöttischem Ernst den Kopf.

»O nein! Du kannst den Chignon nicht ohne die Schürze kriegen, die Schürze nicht ohne den Brief, den Brief nicht ohne die Schuhe mit Absätzen, die Schuhe nicht ohne ... den ganzen Rest! Du musst dich entscheiden!«

Meine Begehrlichkeit ermüdete rasch. Die strahlende kleine Bouilloux war nur noch eine tagtägliche Begegnung, die ich kaum wahrnahm. Sommer wie Winter ohne Kopfbedeckung, wechselte sie jede Woche die leuchtenden Farben ihrer Blusen. Bei großer Kälte umschlang ihre eleganten schmalen Schultern ein kleines nutzloses Tuch. Kerzengerade, glanzvoll wie eine dornige Rose, die Wimpern niedergeschlagen auf die Wange oder ein dunkles, feuchtes Auge enthüllend, verdiente sie es von Tag zu Tag mehr, über Massen zu herrschen, bestaunt zu werden, geschmückt, mit Juwelen behangen. Die gezähmte Kräuselung ihres kastanienbraunen Haars verriet sich trotz allem als kleine Wellen, in denen das Licht sich verfing, als goldiger Hauch im Nacken und nahe der Ohren. Sie hatte stets eine leicht beleidigte Miene, und die kurzen samtigen Nasenflügel erinnerten an ein Reh.

Sie wurde fünfzehn, dann sechzehn – ich ebenfalls. Außer dass sie sonntags am Arm ihrer Cousinen und ihrer Brüder viel lachte, um ihre Zähne herzuzeigen, benahm Nana Bouilloux sich recht gut.

»Für eine kleine Bouilloux ist sie ganz in Ordnung!«, urteilte anerkennend die öffentliche Meinung.

Sie wurde siebzehn, dann achtzehn, ein Teint wie eine windgeschützte Frucht, Augen, vor denen andere den Blick senkten, ein Gang, wer weiß wo gelernt. Sie begann die »Parketts« auf Kirmessen und Festen aufzusuchen, tanzte übermütig, schlenderte spätnachts über den Wehrgang, um die Taille den Arm eines Mannes. Immer bösartig, aber ausgelassen, trieb sie jeden zur Dreistigkeit, der sie gern nur geliebt hätte.

In einer Johannisnacht tanzte sie auf dem »Parkett«, Place du Grand-Jeu, unterm tristen Licht und Geruch der Petroleumlampen. Die genagelten Schuhe wirbelten auf dem Platz Staub in die Luft, zwischen den Bretterwänden des »Parketts«. Alle Burschen behielten beim Tanzen den Hut auf dem Kopf, wie es sich gehört. Blonde Mädchen wurden tiefrot in ihren enganliegenden Miedern, Dunkelhaarige, von ihren Äckern gekommen und sonnenverbrannt, wirkten schwarz. Doch in einem Schwarm dünkelhafter Arbeiterinnen trank Nana Bouilloux im kleingeblümten Sommerkleid Limonade mit Rotwein, da erschienen Pariser auf dem Ball.

Zwei Pariser, wie man sie im Sommer sieht, auf dem Land, Freunde eines Schlossherrn aus der Nachbarschaft, die sich langweilten; Pariser in weißer Kammgarnserge und Tussahseide, die sich ein Weilchen lustig machen wollten über eine dörfliche Johannisnacht … Ihnen verging das Lachen, als sie Nana Bouilloux erblickten, und die beiden setzten sich an den Schanktisch, um sie aus der Nähe zu sehen. Halblaut wechselten sie Bemerkungen, und Nana Bouilloux tat, als höre sie nichts. Denn ihr Stolz auf die eigene Schönheit verbot, nach ihnen zu blicken und herumzukichern wie ihre Gefährtinnen. Sie hörte: »Ein Schwan unter Gänsen ... Ein Greuze! ... Verbrechen, so ein Prachtstück hier versauern zu lassen ...« Als der Pariser in weißem Kammgarnserge die kleine Bouilloux zum Walzer aufforderte, erhob sie sich, nicht im Mindesten überrascht, und tanzte stumm, ernst; ihre Wimpern, schöner als ein Blick, berührten hin und wieder die Spitze eines blonden Schnurrbarts.

Nach dem Walzer gingen die Pariser, und Nana Bouilloux setzte sich Luft fächelnd an den Schanktisch. Der junge Leriche kam sie auffordern und Houette und sogar Honce, der Apotheker, und sogar Possy, der Möbeltischler, graumeliert, jedoch ein hervorragender Tänzer. Allen antwortete sie: »Nein danke, ich bin müde«, und sie verließ den Ball um halb elf.

Und dann passierte ihr nichts mehr, der kleinen Bouilloux. Die Pariser kamen nicht wieder, weder diese noch andere. Houette, Honce, der junge Leriche, die Handlungsreisenden mit den Goldketten überm Bauch, die Soldaten auf Heimaturlaub und die Notariatskanzlisten erklommen vergebens unsre steile Gasse zur Stunde, da die wohlfrisierte Arbeiterin hinabging, steif und mit kurzem Kopfnicken. Alle hofften auf die Bälle, wo sie mit vornehmer Miene Limonade trank und stets antwortete: »Nein danke, ich tanze nicht, ich bin müde.« Gekränkt feixten sie nach ein paar Tagen: »Bestimmt hat sie eine sechsunddreißigwöchige Müdigkeit erwischt!« und schielten auf ihre Taille ... Doch nichts passierte der kleinen Bouilloux, weder dies noch etwas anderes. Sie wartete einfach nur, beseelt von einem hochmütigen Glauben, im Bewusstsein, dass ihr der Zufall etwas schulde, denn er hatte sie ja allzu gut ausstaffiert. Sie wartete ... auf diesen Pariser im weißen Kammgarnserge? Nein. Auf den Fremden, den Entführer. Das hochmütige Warten machte sie rein, still; sie verschmähte mit einem überraschten kleinen Lächeln Honce, der sie in den Rang einer legitimen Apothekerin erheben wollte, und ebenso den ersten Gerichtsschreiber. Ohne noch ein einziges Mal zu wanken und mit einem Schlag alles zurücknehmend – Lachen, Blicke, schimmernder Flaum ihrer Wangen, spitze kindliche und rote Lippen, von einem blauen Schatten kaum geteilter Busen –, was sie an Bauernlümmel vergeudet hatte, wartete sie nunmehr auf ihre Herrschaft und den namenlosen Prinzen.

Ich habe, als ich einmal durch mein Heimatdorf kam, den Schatten jener Frau nicht wiedergefunden, die mir so zärtlich verweigerte, was sie »die Uniform aller kleinen Bouilloux« nannte. Doch als das Automobil, in dem ich saß, langsam – nicht langsam genug, nie langsam genug – eine Straße hinauffuhr, in der anzuhalten ich keinen Grund mehr habe, trat eine Fußgängerin beiseite, um den Rädern auszuweichen. Eine schmale Frau, wohlfrisiert, das Haar helmartig hochgesteckt wie einstmals, eine Schneiderschere an der stählernen Gürtelkette über ihrer schwarzen Schürze. Große rachsüchtige Augen, ein verkniffener Mund, der gewiss viel schwieg, gelbliche Wangen und Schläfen wie bei Menschen, die im Lampenlicht arbeiten; eine Frau zwischen fünfundvierzig und … Nein, nein; eine Frau von achtunddreißig Jahren, eine Frau in meinem Alter, genau in meinem Alter, es gab keinen Zweifel … Sobald der Wagen ihr den Weg freigab, ging die »kleine Bouilloux« die Straße hinab, kerzengerade, gleichgültig, nachdem ein bitterer und ängstlicher Blick ihr verraten hatte, dass dieser Wagen weiterfuhr, ohne den erwarteten Entführer.

DIE TOUTOUQUE

Breit und niedrig wie ein vier Monate altes Ferkel, gelb und kurzhaarig, mit breiter schwarzer Maske, glich sie eher einem kleinen Mastiff als einer Bulldogge. Dummköpfe hatten ihr die muschelförmigen Ohren spitz zugeschnitten und den Schwanz knapp überm Hintern abgezwickt. Doch niemals auf der Welt hat eine Hündin oder eine Frau Augen gehabt, die an Schönheit vergleichbar waren mit denen der Toutouque. Als mein ältester Bruder, Freiwilliger in der Kreisstadt, sie zu uns brachte und somit vor einer dämlichen Bestimmung errettete, die alle Hunde der Kaserne zum Tod verurteilte, und sie ihren madeirabraunen Blick auf uns richtete, fast gar nicht ängstlich, hellseherisch, glitzernd von einer Feuchtigkeit wie menschliche Tränen, da waren wir alle erobert und gaben der Toutouque ihren großzügigen Platz vor dem Holzfeuer. Wir alle schätzten – und besonders ich, das kleine Mädchen – ihre ammenhafte Herzlichkeit, ihre ausgeglichene Laune. Sie bellte wenig, mit einer schnarrenden, gedämpften Doggenstimme, redete aber auf andere Weise, bekundete ihre Meinung mit einem Lächeln aus schwarzen Lippen und weißen Zähnen, senkte die kohlschwarzen Lider, einer Komplizin gleich, über ihren Mulattinnenaugen.

Sie lernte unsere Namen, hundert neue Wörter, die Namen der Katzen, genauso schnell wie ein kluges Kind. Sie schloss uns alle in ihr Herz, folgte meiner Mutter zur Metzgerei, begleitete mich tagtäglich ein Stück auf dem Schulweg. Doch sie gehörte nur diesem ältesten Bruder, der sie gerettet hatte, vor dem Strick oder dem Revolverschuss. Sie liebte ihn so sehr, dass sie vor ihm jede Beherrschung verlor. Für ihn wurde sie ganz blöd, beugte die Stirn und forderte Quälereien heraus, erhoffte sie wie Belohnungen. Sie warf sich auf den Rücken, bot ihren Bauch dar, gespickt mit bläulichroten Zitzen, auf denen mein Bruder die Melodie von Boccherinis *Menuett* klimperte, indem er abwechselnd an ihnen zupfte. Der Ritus verlangte, dass die Toutouque bei jedem Zupfer – und sie versäumte es nie – ein kurzes Kläffen ausstieß und mein Bruder gestreng rief: »Toutouque! Sie singen falsch! Noch einmal!« Er war dabei kein bisschen grausam; eine hauchfeine Berührung entlockte der kitzligen Toutouque eine Reihe musikalischer und variationsreicher Schreie. War das Spiel vorbei, blieb sie liegen und verlangte: »Mehr!«

Mein Bruder vergalt ihr Zärtlichkeit mit Zärtlichkeit und komponierte für sie Lieder, wie sie in Augenblicken toller Albernheit aus uns hervorsprudeln, diese seltsamen Kinder des Rhythmus, der Wortwiederholung, entsprungen aus unschuldiger Geistesleere. Ein Refrain lobte die Toutouque, denn sie war:

Gelb, gelb, gelb
ungeheuer gelb
gelber noch als gelb …

Ein andrer feierte ihre opulenten Formen und nannte sie dreimal »allerliebste Walze«, im trefflichen Takt eines Militärmarsches. Daraufhin lachte die Toutouque schallend, das heißt, sie entblößte die Zähne ihres fletschenden Kiefers, legte den verstümmelten Rest ihrer Ohren zurück und wackelte anstatt mit dem fehlenden Schwanz mit ihrem dicken Hinterteil. Ob sie im Garten schlief oder mit ernsten Dingen in der Küche beschäftigt war, sobald mein Bruder die Melodie der »Walze« anstimmte, saß die Toutouque ihm zu Füßen, im Bann der vertrauten Weise.

Eines Tages, als die Toutouque nach dem Essen auf dem glühenden Marmor des Kamins briet, schmuggelte mein Bruder wortlos in die Ouvertüre, die er am Klavier vom Blatt spielte, die Melodie der »Walze«. Die ersten Noten streiften, wie lästige Fliegen, den Schlummer des fest schlafenden Tiers. Ihr kurzes blondes Kuhfell zuckte hier und da, und ihr Ohr ... Die energische Wiederaufnahme – Klavier *solo* – öffnete ihr ein wenig die Augen, voll menschlicher Verwirrung, und die musikalische Toutouque erhob sich und fragte mich ganz eindeutig: »Hab ich das nicht schon irgendwo gehört? ...« Dann drehte sie sich zu ihrem erfinderischen Folterknecht, der noch immer die Lieblingsmelodie hämmerte, akzeptierte von ihm diesen neuen Zauber und setzte sich neben das Klavier, um besser zu hören, mit der einverständigen und mystifizierten Miene eines Kindes, das einem Gespräch zwischen Erwachsenen lauscht.

Ihre Sanftmut entwaffnete jede Fopperei. Man gab Kätzchen zum Ablecken in ihre Obhut und auch die Jungen fremder Hündinnen. Sie küsste torkeligen Knirpsen die Hände, ließ sich von kleinen Kükenschnäbeln picken, und ich verachtete sie ein wenig für diese milde Nachsicht einer sattgefressenen Alten, bis zu dem Tag, da – die entsprechende Zeit war gekommen – die Toutouque sich in einen Jagdhund vernarrte, den Setter eines benachbarten Kaffeehausbesitzers. Er war ein großer Setter, ausgestattet wie alle Setter mit einem Second-Empire-Charme; mahagoniblond, langhaarig, Paillettenschimmer im Auge, fehlte es ihm an Charakter, nicht an Vornehmheit. Sein Weibchen glich ihm wie eine Schwester; aber nervös und immer leicht aufgeregt, kläffte sie bei jeder zuschlagenden Tür und winselte beim Angelusläuten. Nur auf Wohlklang bedacht, nannte ihr Herrchen die beiden Black und Bianca.

Dank der kurzen Idylle lernte ich unsere Toutouque besser kennen. Als ich mit ihr am Café vorbeikam, sah ich die rothaarige Bianca auf der steinernen Schwelle liegen, mit überkreuzten Pfoten, ihre Korkenzieherlocken hingen strähnig neben den Wangen herab. Die zwei Hündinnen wechselten nur einen Blick, und Bianca ließ einen schrillen Kläffer vernehmen, als wäre man ihr auf die Pfote getreten, und flüchtete in den hintersten Winkel der Kneipe. Die Toutouque war mir keinen Schritt von der Seite gewichen, und ihr schöner sentimentaler Säuferinnenblick wunderte sich: »Was hat die bloß?«

»Lass sie«, erwiderte ich, »du weißt doch, die ist halb verrückt.«

Niemand im Haus kümmerte sich um die Privatangelegenheiten der Toutouque. Sie durfte kommen und gehen, wie sie wollte, mit der Nase die angelehnte Tür aufstoßen, der Metzgerin guten Tag sagen, meinem Vater bei seiner Partie Écarté Gesellschaft leisten, wir fürchteten nicht, die Toutouque könnte sich verlaufen oder irgendetwas Böses anstellen. Als nun der Kaffeehausbesitzer ankam und die Toutouque beschuldigte, sie habe seiner Hündin Bianca das Ohr zerfetzt, lachten wir alle unverschämt los und zeigten auf die Toutouque, breit hingeflätzt, selig, von einem herrischen kleinen Kater zerrauft …

Am nächsten Morgen stand ich als Säulenheilige auf dem Kapitell eines der Pfeiler, die unseren Gartenzaun stützten, und predigte zu unsichtbaren Massen, da hörte ich plötzlich ein Durcheinander von Hundegeheul näherkommen, übertönt von Biancas hoher, verzweifelter Stimme. Sie erschien, zerzaust und verstört, flitzte um die Ecke der Rue de la Roche, stürmte die Rue des Vignes hinunter. Ihr auf den Fersen rollte mit unfassbarer Geschwindigkeit eine Art gelbes Monster mit gesträubtem Fell, die Pfoten mal unterm Bauch eingezogen, mal in alle Richtungen geschleudert, wie Froschbeine, in rasendem Lauf – ein gelbes Tier, schwarz maskiert, bewehrt mit Zähnen, hervorquellenden Augen, bläulichroter Zunge, auf der Speichel schäumte … Das alles raste vorbei, verschwand, und während ich eiligst von meinem Kapitell kletterte, hörte ich in der Ferne das stürmische Aufeinanderprallen und Geröchel eines sehr kurzen Kampfes, und noch einmal den Schmerzenslaut der rothaarigen Hündin … Ich rannte durch den Garten, erreichte die Tür hinaus zur Straße und blieb verblüfft stehen: Die Toutouque, das flüchtig erblickte, mordlüsterne gelbe Monster, Toutouque war da, lag auf der Außentreppe …

»Toutouque!« …

Sie versuchte ihr gutmütiges Ammenlächeln, aber sie hechelte, und das Weiß ihrer Augen, von rötlichen Streifen durchzogen, schien zu bluten …

»Toutouque! Ist das möglich?«

Sie stand auf, wedelte plump und wollte offensichtlich das Thema wechseln, doch an ihrer schwarzen Lippe und an der Zunge, die nach meinen Fingern langte, klebten ausgerissene rotgoldene Haare Biancas …

»Oh! Toutouque … Toutouque …«

Ich fand keine anderen Worte und wusste nicht, wie ich meine Klage, meinen Schreck und meine Verwunderung ausdrücken sollte, dass eine bösartige Kraft, für die ich mit meinen zehn Jahren keinen Namen kannte, eine wilde Bestie machte aus dem sanftesten aller Geschöpfe …

DER SPAHIMANTEL

Der Spahimantel, der schwarze, golddurchwirkte Burnus, der Fes, der »Schmuck«, bestehend aus drei ovalen Miniaturen – ein Medaillon, zwei Ohrringe –, eingefasst von einer Girlande aus kleinen Halbedelsteinen, das Stück »echte Peau d'Espagne«, ewiglich duftend … Lauter Schätze, denen ich einstmals mit

Ehrfurcht begegnete, womit ich aber nur meine Mutter nachahmte.

»Das sind keine Spielsachen«, erklärte sie ernst und mit einer Miene, dass ich erst recht an Spielsachen dachte, aber für Erwachsene …

Hin und wieder gönnte sie sich das Vergnügen, mich einzuhüllen in den leichten schwarzen Burnus mit den Goldstreifen, mir die Kapuze mitsamt Troddel aufzusetzen; dann war sie glücklich, dass sie mich in die Welt gesetzt hatte.

»Den behältst du als Ballmantel, für wenn du einmal verheiratet bist«, sagte sie. »Nichts ist kleidsamer, und dieses Stück kommt wenigstens nie aus der Mode. Dein Vater hat ihn von seinem Afrikafeldzug mitgebracht, zusammen mit dem Spahimantel.«

Der Spahimantel, rot und aus feinem Tuch, schlief zusammengefaltet in einem zerschlissenen Laken, und meine Mutter hatte in seine Falten eine in vier Teile geschnittene Zigarre und eine eingerauchte Meerschaumpfeife gesteckt, »gegen die Motten«. Wurden die Motten mit der Zeit unempfindlich, oder verlor die Kruste im Pfeifenkopf ihre insektenbekämpfende Kraft? Im Zuge einer jener häuslichen Katastrophen, die man Großputz nennt und die in den Schränken, so wie Flüsse ihre Eisschollen, die Siegel aus Stoff, Papier und Schnurwerk zerbrechen, entfuhr meiner Mutter beim Auseinanderfalten des Spahimantels der laute, klägliche Schrei:

»Er ist aufgefressen!«

Wie um die Reste eines Kannibalenschmauses sammelte sich die Familie, über den Mantel gebeugt, wo das Licht aus hundert Löchern schien, so rund, als habe man das feine Tuch mit Schrotkugeln durchsiebt.

»Aufgefressen!«, wiederholte meine Mutter. »Und mein Fuchspelz daneben, unversehrt.«

»Aufgefressen!«, sagte mein Vater seelenruhig. »Na, gut! Er ist aufgefressen!«

Meine Mutter stand vor ihm wie eine Furie der Sparsamkeit.

»Du tröstest dich aber sehr schnell!«

»O ja!«, sagte mein Vater. »Ich bin an sowas gewöhnt.«

»Also, die Männer …«

»Ich weiß. Was wolltest du eigentlich anfangen mit diesem Mantel?«

Sie verlor ganz plötzlich ihre Sicherheit und zeigte sich ratlos wie eine Katze, der man ihre Milch in eine Flasche mit engem Hals gießt.

»Na … ich habe ihn aufbewahrt, seit fünfzehn Jahren liegt er im selben Laken. Zweimal im Jahr habe ich ihn auseinandergefaltet, geschüttelt und wieder zusammengefaltet …«

»Die Mühe bist du nun los. Übertrag sie auf das grüne Plaid, denn es ist nun einmal ausgemacht, dass deine Familie das Recht hat, das rot-weiß-karierte Plaid zu benutzen, aber niemand darf das grüne Plaid mit den blau-gelben Karos anrühren.«

»Das grüne Plaid, das lege ich auf die Beine der Kleinen, wenn sie krank ist.«

»Das ist nicht wahr.«

»Wie? Mit wem sprichst du?«

»Das ist nicht wahr, denn sie ist nie krank.«

Eine geschwinde Hand legte sich auf meinen Kopf, als würden gleich Ziegel vom Dach fallen.

»Versuch nicht, vom Thema abzulenken. Was soll ich anfangen mit diesem aufgefressenen Mantel? Ein so großer Mantel? Mindestens fünf Meter!«

»Herrje, meine Liebste, wenn es dich so grämt, falte ihn doch wieder zusammen, wickle ihm sein kleines Leichentuch rundherum und leg ihn zurück in den Schrank – als wäre er nicht aufgefressen!«

Das Blut schoss meiner Mutter ins Gesicht, brachte ihre noch frischen Wangen zum Erglühen.

»Oh! Was fällt dir ein! Das ist nicht dasselbe! Ich bring's nicht übers Herz. Es ist fast eine Frage der ...«

»Dann, meine Liebste, gib mir diesen Mantel. Ich hab eine Idee.«

»Was willst du damit tun?«

»Lass mich. Ich hab doch eine Idee.«

Sie gab ihm den Mantel, voller Zutrauen, ablesbar in ihren grauen Augen. Hatte er ihr nicht schon alles mögliche versichert, er könne bestimmte Schokokaramellen machen, die Hälfte der Korken einsparen beim Auf-Flaschen-Ziehen eines Fasses Bordeaux und die Maulwurfsgrillen ausmerzen, die unsere Salatköpfe verwüsteten? Dass der schlecht verkorkte Wein nach sechs Monaten ruiniert war; dass bei der Herstellung der Karamellen ein Meter Parkett verbrannte und beim Kristallisieren des brodelnden Zuckers ein ganzer Anzug; dass die Salatköpfe, vergiftet durch eine geheimnisvolle Säure, noch vor den Maulwurfsgrillen das Zeitliche segneten, das alles bedeutete nicht, mein Vater habe sich geirrt ...

Sie gab ihm den Spahimantel, den er sich über die Schulter warf und mitnahm in seine Höhle, auch Bibliothek genannt. Ich folgte im Treppenhaus seinem flinken einbeinigen Schritt, diesem Rabengehüpfe, das ihn von Stufe zu Stufe trug. Doch in der Bibliothek setzte er sich, verlangte in knappen Worten, dass ich ihm Rechenschieber, Klebstoff, große Schere, Zirkel, Stecknadeln bereitlegte, verjagte mich und schob den Riegel vor.

»Was macht er? Geh und schau, was er macht!«, sagte meine Mutter.

Doch wir erfuhren nichts, bis zum Abend. Endlich dröhnte der kräftige Ruf meines Vaters bis nach unten, und wir gingen hinauf.

»Nun!«, sagte meine Mutter beim Eintreten, »hast du's geschafft?«

»Schau her!«

Triumphierend präsentierte er ihr auf der flachen Hand – zackig zugeschnitten, fein geschichtet wie ein Blätterteigkuchen und nicht größer als eine Rose – alles, was noch übrig war vom Spahimantel: ein bezaubernder Federputzer.

DER FREUND

Am Tag, da die Opéra-Comique brannte, wollte mein ältester Bruder, zusammen mit einem andern Studenten, seinem besten Freund, zwei Karten reservieren. Doch andere arme Musikliebhaber, Stammgäste auf den Drei-Franc-Plätzen, hatten nichts übriggelassen. Die beiden enttäuschten Studenten aßen auf der Terrasse eines kleinen Restaurants im Viertel zu Abend: Eine Stunde später, zweihundert Meter von ihnen entfernt, brannte die Opéra-Comique. Bevor sie losrannten, der eine zum Telegraphen, um meine Mutter zu beruhigen, der andere zu seiner Pariser Familie, drückten sie einander die Hand und betrachteten sich mit jener Verlegenheit, jener Unbeholfenheit, unter der sehr junge Männer ihre lautere Rührung verbergen. Keiner sprach von schicksalhaftem Zufall oder von einem geheimnisvollen Schutz, ausgespannt über ihren Köpfen. Doch als die großen Ferien kamen, da begleitete Maurice – sagen wir einmal, er hieß Maurice – zum ersten Mal meinen Bruder und verbrachte zwei Monate bei uns.

Ich war damals ein schon recht großes kleines Mädchen, etwa dreizehn.

Er kam also, dieser Maurice, und ich bewunderte ihn blindlings, im Vertrauen auf die Freundschaft, die mein Bruder für ihn empfand. Im Verlauf von zwei Jahren hatte ich erfahren, dass Maurice Jura machte – für mich war das ein bisschen so, als hätte mir jemand erklärt, dass er »Männchen machte«, auf den Hinterbeinen sitzend –, dass er wie mein Bruder die Musik liebte, dass er dem Bariton Taskin ähnlich sah, mit Schnurrbart und einem sehr kleinen Spitzbart, dass seine reichen Eltern Chemieprodukte en gros verkauften und nicht weniger als fünfzigtausend Franc im Jahr verdienten – man sieht, ich spreche von einer fernen Zeit.

Er kam, und meine Mutter rief sofort, er sei »hunderttausendmal schöner als auf seinen Fotografien« und übertreffe alles, was mein Bruder seit zwei Jahren an ihm lobe: feingliedrig, samtäugig, schöne Hände, der Schnurrbart wie leicht gebräunt im Feuer und dazu die liebenswerte Gewandtheit eines Sohnes, der wenig Zeit ohne seine Mutter verbrachte. Ich sagte nichts, denn ich teilte wie zu erwarten die mütterliche Begeisterung.

Er erschien in Blau gekleidet, auf dem Kopf einen Panamahut mit gestreiftem Band, brachte mir Bonbons, Affen aus granatroter, altgoldener, pfauengrüner Seidenchenille, die eine enervierende Mode überallhin hängte – die Rintintin-Glückspüppchen jener Zeit –, ein kleines Portemonnaie aus türkisblauem Plüsch. Doch was taugten die Geschenke, verglichen mit dem Diebesgut? Ich klaute ihnen, ihm und meinem Bruder, alles, was mir sentimentaler Elster in die kleinen Fänge kam: schlüpfrige Illustrierte, orientalische Zigaretten, Hustenpastillen, einen Bleistift, dessen Ende Zahnspuren aufwies, und vor allem die leeren Streichholzschachteln, diese neuen Schachteln, verziert mit den Fotografien von Schauspielerinnen, die ich bald alle kannte und deren Namen ich fehlerlos aufsagen konnte: Théo, Sybil Sanderson, Van Zandt … Sie gehörten zu einer wundervollen, unbekannten Spezies, die Natur hatte sie alle mit sehr großen Augen ausgestattet, mit sehr schwarzen

Wimpern, mit duftig-krausem Haar über der Stirn und mit einem Tüllstreifen über einer einzigen Schulter, die andere blieb nackt … Wenn ich Maurice lässig ihre Namen erwähnen hörte, versammelte ich sie zu einem Harem, über den er gleichmütig herrschte, und ich probierte am Abend, beim Zubettgehen, die Wirkung eines Schleiers von Mama auf meiner Schulter. Ich war, ganze acht Tage lang, kratzbürstig, eifersüchtig, blass, dann jäh errötet, mit einem Wort verliebt.

Und peu à peu, ich war nämlich alles in allem ein sehr vernünftiges kleines Mädchen, verging diese Phase der Schwärmerei, und ich genoss die Freundschaft, die heitere Laune von Maurice, die ungezwungenen Gespräche der beiden Freunde. Eine schlauere Koketterie bestimmte nun alle meine Handlungen, und ich war, mit einer nach außen hin vollkommenen Natürlichkeit, genau so, wie ich sein musste, um zu gefallen: ein langes Mädchen mit langen Zöpfen, um die enggeschnürte Taille ein Schmuckband mit Schnalle, unter meinem großen Strohhut versteckt wie eine Katze auf der Lauer. Dann wieder erblickte man mich in der Küche, die Hände im Kuchenteig, oder im Garten mit dem Fuß auf einem Spaten, und bei Ausflügen lief ich um die beiden, Arm in Arm spazierenden Freunde herum wie eine anmutige und treue Hüterin. Was für heiße Ferien, so erregend und so rein …

Aus einem Gespräch der beiden jungen Männer erfuhr ich, dass Maurice, in freilich noch recht ferner Zeit, heiraten würde. Eines Tages, als wir im Garten allein waren, fasste ich mir ein Herz und bat ihn um ein Bild seiner Verlobten. Er reichte es mir: ein lächelndes junges Mädchen, hübsch, sorgfältigst frisiert, in tausend Spitzenrüschchen gehüllt.

»Oh!«, sagte ich ungeschickt. »Was für ein schönes Kleid!«

Er lachte so offen heraus, dass ich mich nicht entschuldigte.

»Und was werden Sie machen, wenn Sie verheiratet sind?«

Er hörte auf zu lachen und musterte mich.

»Wieso, was ich machen werde? Ich bin doch jetzt schon fast Anwalt, wie du weißt!«

»Ja, ich weiß! Und sie, Ihre Verlobte, was wird die machen, während Sie Anwalt sind?«

»Du bist komisch! Sie wird meine Frau sein, was sonst.«

»Sie wird andere Kleider tragen, mit noch mehr Rüschchen?«

»Sie wird sich um unser Haus kümmern, Besuche empfangen … Machst du dich lustig über mich? Du weißt doch ganz genau, wie man lebt, wenn man verheiratet ist.«

»Nein, nicht so ganz genau. Aber ich weiß, wie wir seit eineinhalb Monaten leben.«

»Wer ›wir‹?«

»Sie, mein Bruder und ich. Sie fühlen sich wohl hier? Waren Sie glücklich? Lieben Sie uns?«

Er hob die schwarzen Augen zum gelbdurchwirkten Schieferdach, zur Glyzinie in ihrer zweiten Blüte, streifte mich kurz und antwortete, wie zu sich selbst:

»Ja, sicher …«

»Später, wenn Sie verheiratet sind, können Sie wahrscheinlich nicht mehr hierherkommen und die Ferien bei uns verbringen? Dann können Sie nie wieder mit meinem Bruder spazieren gehen und mich an meinen zwei Zöpfen halten, als wären es Zügel?«

Ich zitterte am ganzen Körper, ließ ihn aber nicht aus den Augen. Etwas veränderte sich in seinem Gesicht. Er blickte rundherum, dann schien er von Kopf bis Fuß das kleine Mädchen zu messen, das an einem Baum lehnte und beim Sprechen den Kopf hob, denn es war noch nicht groß genug. Ich erinnere mich, er versuchte eine Art gezwungenes Lächeln, dann zuckte er die Schultern, antwortete ziemlich dumm:

»Natürlich nicht, ist doch klar …«

Er ging in Richtung Haus, ohne ein Wort anzufügen, und ich mischte zum ersten Mal in mein großes kindliches Bedauern, Maurice bald zu verlieren, den kleinen siegreichen Kummer einer Frau.

»YBAÑEZ IST TOT«

Ich habe seinen Namen vergessen. Warum taucht seine traurige Gestalt noch manchmal aus den Träumen, die mich nachts zurückführen in die Zeit und in das Land meiner Kindheit. Irrt seine traurige Gestalt an dem Ort, wo die Toten sind, ohne Freunde, nachdem er, ohne Freunde, unter den Lebenden irrte?

Er hieß so ähnlich wie Goussard, Voussard oder vielleicht Gaumeau. Er trat als Kopist bei Maître Defert, dem Notar, in Stellung und blieb jahrelang, jahrelang. Doch mein Dorf, wo Voussard – oder Gaumeau – nicht geboren war, wollte ihn niemals anerkennen. Sogar sein zunehmendes Alter verschaffte Voussard nicht den Rang eines »Einheimischen«. Groß, grau, dürr, schmal, warb er um keine Sympathie, und sogar das Herz von Rouillard, dieses weite Kaffeehausbesitzer- und Geigenspielerherz, butterweich, weil es auf den Landstraßen so viele Hochzeitszüge mit Musik begleitete, öffnete sich niemals für ihn.

Voussard »aß« bei Patasson. »Bei Soundso essen«, das heißt bei uns, man wohnt dort auch. Sechzig Franc im Monat für die Vollpension: Voussard lief dabei nicht Gefahr, sich seine Taille zu ruinieren, die schlank blieb, eingezwängt in ein lackglänzendes Jackett und eine mit grobem schwarzen Zwirn ausgebesserte gelbe Weste. Ja, ausgebessert mit grobem Zwirn … über der Uhrtasche … ich sehe es vor mir … Würde ich malen, ich könnte von Voussard, fünfundzwanzig Jahre nachdem er gestorben ist, ein erstaunlich originalgetreues Porträt anfertigen. Warum? Ich weiß es nicht. Diese Weste, die Naht aus schwarzem Zwirn, der weiße Pappkragen, die Krawatte, ein Lappen mit Kaschmirmuster. Darüber das Gesicht, morgens grau wie eine schmutzige Fensterscheibe, denn Voussard ging mit nüchternem Magen aus dem Haus, leicht rotgefleckt nach dem Mittagessen. Das längliche Gesicht stets bartlos, doch immer schlecht rasiert. Ein großer Mund, fest zusammengepresst, hässlich. Eine lange Nase, eine gierige Nase, dicker als das übrige Gesicht, und Augen … Ich habe sie nur ein einziges Mal gesehen, denn normalerweise schaute Voussard zu Boden und verschanzte sich außerdem unter einem flachen schwarzen Strohhut, zu klein für seinen Schädel und in die Stirn geschoben, wie jene Hüte, die Frauen im Zweiten Kaiserreich trugen, während der Mode des Benoiton-Chignons.

Zur Stunde von Verdauungsschnäpschen und Zigarette setzte sich Voussard, der ohne Tabak und Kaffee auskam, zwei Schritt von seiner Kanzlei entfernt zum Luftschnappen auf eine der beiden Steinbänke, die gewiss heute noch das Haus von Madame Lachassagne flankieren. Gegen vier kam er noch einmal hierher, wenn das ganze übrige Dorf jausnete. Die linke Bank wetzte den zwei Kanzlisten von Maître Defert die Hosenböden glatt. Die rechte Bank wackelte, bei schönem Wetter, um dieselbe Zeit unter einer Reihe schon großer kleiner Mädchen, dicht aneinandergedrängt und zapplig wie Spatzen auf einem warmen Schornsteinziegel: Odile, Yvonne, Marie, Colette … Wir waren dreizehn, vierzehn, im Alter des verfrühten Chignons, des zu eng geschnallten Ledergürtels, der drückenden Schuhe, der Pudellöckchen auf der Stirn, die wir uns in der Schule geschnippelt hatten – »Macht nichts! Mama soll sagen, was sie will!« –, während der Nähstunde, mit unsern Scheren für die Stickerei. Wir waren schlank, sonnengebräunt, affektiert und rücksichtslos, linkisch wie Jungen, frech, puterrot vor Schüchternheit allein beim Klang unsrer eigenen Stimmen, ätzend, anmutig, unausstehlich …

Ein paar Minuten lang spielten wir vor Unterrichtsbeginn auf dieser Bank die Schönen für alles, was auf zwei Beinen von Bel-Air herunterkam; den in seine dreimal gefaltete Zeitung versunkenen Voussard würdigten wir jedoch nie eines Blicks. Unsern Müttern freilich war er nicht geheuer:

»Du hast doch nicht schon wieder auf der Bank gesessen, in der Nähe dieses Individuums!«

»Was für ein Individuum, Mama?«

»Dieses Individuum aus der Kanzlei Defert … Oh! Ich mag das gar nicht!«

»Warum Mama?«

»Ich weiß, was ich sage …«

Sie grauten sich vor ihm wie vor einem Satyr oder wie vor dem stillen Dorftrottel, der plötzlich zum Mörder wird. Doch Voussard schien unsere Anwesenheit gar nicht zu bemerken, und wir kamen nicht einmal auf den Gedanken, er sei ein lebendiger Mensch.

Er kaute auf einem kleinen Lindenzweig, als Ersatz fürs Dessert, schlug mit der Lässigkeit eines frivolen Skeletts die fleischlosen Schienbeine übereinander, und er las, unter seinem Vordach aus staubigem schwarzen Stroh. Um halb eins setzte sich der kleine Ménétreau, im Vorjahr noch Laufbursche in der Schule, kürzlich aufgestiegen zum Botenjungen bei Defert, neben Voussard und aß sein Mittagsbrot fertig, mit gierigen Bissen, wie ein Fox, der einen Pantoffel zerfleddert. Madame Lachassagnes blühende Mauer streute über sie und uns Glyzinien, Goldregen, Lindenduft, eine flache wirbelnde Klematisblüte, rote Eibenfrüchte … Odile simulierte einen Lachanfall, um bei einem vorübergehenden Handlungsreisenden Bewunderung zu erregen; Yvonne wartete, dass sich der neue Hilfslehrer im Fenster der obersten Schulklasse zeigte; ich plante, mein Klavier zu verstimmen, damit der Klavierstimmer aus der Kreisstadt, der ein Goldlorgnon trug … Voussard saß da wie leblos und las.

Eines Tages hockte sich der kleine Ménétreau als Erster auf die linke Bank, biss in seinen Brotkanten und verschlang Kirschen. Voussard kam verspätet, erst beim Klingeln der Schulglocke. Er lief schnell und unbeholfen wie jemand, der sich im Dunkeln beeilt. Eine aufgeschlagene Zeitung, die er in der Hand hielt, schleifte über die Straße. Er legte eine Hand auf die Schulter des kleinen Ménétreau, beugte sich hinunter und sagte mit tiefer, hektischer Stimme:

»Ybañez ist tot. Sie haben ihn umgebracht.«

Der kleine Ménétreau öffnete einen Mund voll mit zerkautem Brot und stammelte:

»Nein, wirklich?«

»Doch. Die Soldaten des Königs. Schau.«

Und mit tragischer Geste entfaltete er unter der Nase des Botenjungen den Fortsetzungsroman der Zeitung, die in seinen Händen zitterte.

»Oje! …«, seufzte der kleine Ménétreau … »Was passiert jetzt?«

»Ach! … Wenn ich's wüsste! …«

Voussards lange Arme hoben sich, fielen wieder herab:

»Das ist ein Coup von Kardinal Richelieu«, ächzte er mit bitterem Lachen.

Dann nahm er den Hut ab, um sich die Stirn zu wischen, stand einen Moment reglos und ließ über das Tal seine Augen schweifen, die wir nicht kannten, die gelben Augen eines Inseleroberers, die grausamen und grenzenlosen Augen eines Piraten auf Lauer unter seiner schwarzen Flagge, die verzweifelten Augen des treuen Gefährten von Ybañez, hinterrücks ermordet von den Soldaten des Königs.

MEINE MUTTER UND DER PFARRER

Meine Mutter, eine Ungläubige, erlaubte dennoch, dass ich den Religionsunterricht besuchte, als ich elf oder zwölf war. Sie legte mir kein anderes Hindernis in den Weg als unfreundliche, schroff hingesagte Bemerkungen, jedes Mal, wenn ihr ein schlichtes kleines Buch in blauem Einband unter die Finger kam. Sie schlug meinen Katechismus irgendwo auf und wurde sofort böse:

»Ah! Diese Art, Fragen zu stellen, kann ich nicht ausstehen! Was ist Gott? Was ist dies? Was ist das? Diese Fragezeichen, diese Manie des Ausspionierens und Verhörens, ich finde das unglaublich indiskret! Und diese Gebote, also bitte! Wer hat die Gebote in solches Kauderwelsch übersetzt? Ah! Ich will dieses Buch nicht in der Hand eines Kindes sehen, es ist voll mit so gewagten Dingen, mit so komplizierten …«

»Nimm's deiner Tochter aus der Hand«, sagte mein Vater, »ist doch ganz simpel.«

»Nein, das ist nicht ganz simpel. Gäbe es nur den Katechismus! Aber da ist auch noch die Beichte. Also wirklich … das, das ist der Gipfel! Ich kann darüber nicht sprechen, ohne dass ich vor Empörung gleich rot … Schau nur, wie rot ich bin!«

»Dann sprich nicht darüber.«

»Oh! Du … Deine Moral, die ist ›ganz simpel‹. Über ärgerliche Dinge spricht man nicht, und dann gibt es sie auch nicht mehr, hm?«

»Besser könnte ich's nicht ausdrücken.«

»Witze machen ist keine Antwort. Ich kann mich nicht an die Fragen gewöhnen, die man diesem Kind stellt.«

»!!!«

»Auch wenn du die Arme gen Himmel hebst! Enthüllen, gestehen und wieder gestehen, und alles zur Schau stellen, was man Böses getan hat! … Es verschweigen, sich im Innersten dafür bestrafen, das ist besser. Das müsste man lehren. Aber die Beichte verleitet das Kind zu einem Wortschwall, zu einer Selbstprüfung, in der bald mehr eitles Vergnügen steckt als Demut … Das garantiere ich dir! Mich regt das alles auf. Und jetzt geh ich stante pede zum Pfarrer und sag's ihm!«

Sie warf sich ihr »Ausgehmäntelchen« aus schwarzem, mit Jett besticktem Kaschmir über die Schultern, setzte sich ihr Kapotthütchen mit dunklen Fliedertrauben auf den Kopf und zog von dannen, tatsächlich *stante pede*, mit ihrem unnachahmlich tänzelnden Schritt – die Fußspitze nach außen gekehrt, die Ferse kaum den Boden berührend –, um an der Tür von Pfarrer Millot zu läuten, nur hundert Meter entfernt. Ich hörte von zu Hause die triste, kristallhelle Klingel und malte mir bestürzt ein dramatisches Gespräch aus, Drohungen, Invektiven, zwischen meiner Mutter und dem alten Pfarrer … Als die Eingangstür ins Schloss fiel, antwortete mein romantisches Kinderherz mit einem schmerzhaften Hüpfer. Meine Mutter erschien strahlend, und mein Vater ließ vor seinem Gesicht, bärtig wie ein Waldgestrüpp, die Zeitung *Le Temps* sinken:

»Nun?«

»Geschafft!«, rief meine Mutter. »Ich hab ihn.«

»Den Pfarrer?«

»Ach wo! Den Steckling von der Pelargonie, die er so eifersüchtig hütet, du weißt doch, die mit den Blüten aus zwei dunkelpurpurnen und drei rosaroten Blättern? Da ist er, ich geh ihn gleich eintopfen.«

»Hast du ihm ordentlich den Kopf gewaschen, wegen der Kleinen?«

Meine Mutter wandte sich auf der Schwelle zur Terrasse rasch um, ein bezauberndes Gesicht zeigend, erstaunt, lebhaft gerötet:

»O nein! Was für eine Idee! Du hast überhaupt kein Feingefühl! Ein Mann, der mir nicht nur einen Steckling von seiner Pelargonie gibt, sondern auch noch sein spanisches Geißblatt verspricht, mit kleinen weißgesprenkelten Blättern, das riecht man sogar hier, du weißt doch, wenn der Wind von Westen bläst …«

Schon war sie außer Sicht, bloß ihre Stimme drang noch zu uns, ein nuancenreicher, bei der kleinsten Regung flackernder, geschmeidiger Sopran, ihre Stimme, die bis zu uns und noch viel weiter alle Neuigkeiten über umhegte Pflanzen verbreitete, über Pfropfungen, Regen, aufblühende Knospen, wie die Stimme eines unsichtbaren Vogels, der das Wetter vorhersagt …

Sonntags versäumte sie selten die Messe. Im Winter nahm sie ihren Fußwärmer mit, im Sommer ihr Sonnenschirmchen; zu jeder Jahreszeit ein dickes schwarzes Messbuch und ihren Hund Domino, der nacheinander eine schwarzweiße Mischung aus Spitz und Fox war, dann ein gelber Barbet.

Der alte Pfarrer Millot stand gleichsam im Bann der Stimme, der herrischen Güte, der schockierenden Aufrichtigkeit meiner Mutter, dennoch ermahnte er sie, die Messe werde nicht für Hunde gelesen.

Sie plusterte sich wie ein streitsüchtiges Huhn:

»Meinen Hund! Meinen Hund vor die Kirchtür setzen! Fürchten Sie, er könnte was Unrechtes hören?«

»Es geht nicht ums …«

»Ein Hund mit vorbildlichen Manieren! Ein Hund, der aufsteht und sich hinsetzt, wie alle Ihre Gläubigen!«

»Meine Gnädigste, das alles stimmt. Dennoch hat er am vergangenen Sonntag geknurrt bei der Wandlung!«

»Ja, natürlich hat er geknurrt bei der Wandlung! Das möchte ich sehen, dass er nicht knurrt bei der Wandlung! Ein Hund, den ich selbst abgerichtet habe als Wachhund und der bellen muss, sobald er läuten hört!«

Der große Streit um den Hund in der Kirche, unterbrochen von Kampfpausen, durchzogen von heftigen Krisen, dauerte lang, den Sieg aber trug meine Mutter davon. Flankiert von ihrem übrigens wohlerzogenen Hund verschanzte sie sich um elf Uhr in der »Familienbank«, direkt unter der Kanzel, mit dem ein wenig gezwungenen und kindischen Ernst, den sie sich umlegte wie einen Sonntagsschmuck. Weihwasser, Bekreuzigung, nichts vergaß sie, nicht einmal das rituelle Kniebeugen …

»Was wissen Sie, Herr Pfarrer, ob ich bete oder nicht? Ich kann das *Vaterunser* nicht, das ist richtig. Man lernt es schnell? Und vergisst es genauso schnell wieder … Doch während der Messe, wenn Sie uns zum Niederknien zwingen, habe ich zwei, drei stille Augenblicke, in denen ich über meine Sorgen nachdenken kann … Ich sage mir, die Kleine sieht nicht gut aus, ich muss ihr eine Flasche Château-Larose aus dem Keller holen, damit sie nicht bleichsüchtig wird … Bei den armen Pluviers wird noch ein Kind zur Welt kommen, ohne Windeln und Hemdchen, wenn ich mich nicht kümmere … Morgen ist Waschtag im Haus, und ich muss um vier aufstehen …«

Er unterbrach sie, indem er seine gegerbte Gärtnerhand ausstreckte:

»Das reicht vollauf, das reicht vollauf … Ich rechne Ihnen alles zusammen für ein Gebet.«

Während der Messe las sie in einem schwarzledernen Buch mit eingeprägtem Kreuz auf beiden Einbanddeckeln; sie vertiefte sich darin mit einer Frömmigkeit, die den Freunden meiner geliebten Ungläubigen seltsam erschien; sie konnten's nicht ahnen, dieses Buch, das aussah wie ein Messbuch, enthielt engbedruckt die Theaterstücke Corneilles …

Im Augenblick der Predigt jedoch wurde meine Mutter zur Teufelin. Die Aussprachemarotten, die »Vernuschelungen«, die christlichen Naivitäten eines alten bäurischen Pfarrers, nichts konnte sie erweichen. Ein nervöses Gähnen nach dem andern entschlüpfte ihr wie Flammen; und leise gestand sie mir die tausend Übel, die sie plötzlich überfielen:

»Ich hab Magenschmerzen und mich schwindelt … Ich spür's, ich bekomme Herzrasen … Ich bin ganz rot, stimmt's? Ich glaub, ich falle gleich in Ohnmacht … Ich muss Monsieur Millot verbieten, dass er länger predigt als zehn Minuten …«

Sie erteilte ihm ihren letzten Ukas, und diesmal schickte er sie zum Teufel. Am folgenden Sonntag jedoch begann sie, als die zehn Minuten verflossen waren, mitten in der Predigt zu hüsteln, ließ ihr Buch fallen, schwenkte ostentativ ihre Uhr an der Kette …

Der Herr Pfarrer kämpfte zunächst, dann verlor er den Kopf zusammen mit dem Faden seiner Rede. Stotternd rief er ein *Amen*, das sich auf nichts reimte, und stieg von der Kanzel, mit wirrer Gebärde seine Schäflein segnend, alle seine Schäflein, ohne jenes auszunehmen, dessen Gesicht zu seinen Füßen lachte und leuchtete, mit der Frechheit von Verdammten.

Mit dreizehn, vierzehn Jahren neigte ich nicht zu Geselligkeit. Mein älterer Halbbruder, Medizinstudent, lehrte mich, wenn er in den Ferien heimkam, seine methodische, stille Menschenscheu, die gleich der Wachsamkeit wilder Tiere keine Ruhepause kannte. Ein Läuten an der Tür zur Außentreppe ließ ihn mit einem geräuschlosen Sprung im Garten verschwinden, und das geräumige Haus bot, bei schlechtem Wetter, den Wonnen seiner Einsamkeit so manchen Schlupfwinkel. Nachahmung oder Instinkt, ich konnte durchs Küchenfenster steigen, über die Eisenspitzen des Gartenzauns an der Rue des Vignes klettern, im Dunkel der Dachböden untertauchen, sobald ich nach dem Läuten liebenswürdige, im Tonfall unsrer Provinz singende Frauenstimmen hörte. Dennoch mochte ich die Besuche von Madame Saint-Alban, einer noch immer schönen Frau mit natürlich gekräuseltem Haar, das, in der Mitte gescheitelt und glattgekämmt, rasch zerzaust wirkte. Sie glich George Sand und zeigte in all ihren Bewegungen eine zigeunerhafte Majestät. Ihre warmen gelben Augen spiegelten die Sonne und die grünen Pflanzen, und als Säugling hatte ich eines Tages von der Milch ihres üppigen, bräunlichen Busens gekostet, während meine Mutter zum Spaß einem kleinen Saint-Alban meines Alters ihre weiße Brust reichte.

Madame Saint-Alban verließ, wenn sie meine Mutter besuchte, ihr Haus an der Straßenecke, ihren schmalen Garten, wo die Klematis im Schatten der Thujen blässlich rankte. Oder sie kam auf dem Heimweg von einem Spaziergang, reich beladen mit Geißblatt aus dem Wald, mit rotem Heidekraut, Sumpfminze und blühendem Schilf, samten, braun und borstig wie die Rücken junger Bären. Ihre ovale Brosche diente oft dazu, die Ränder eines Risses in ihrem schwarzen Taftkleid zusammenzuhalten, und ihren kleinen Finger zierte ein Herz aus rosa Karneol, darauf lohten die Worte *ie brusle, ie brusle* – ein alter Ring, gefunden auf freiem Feld.

Ich glaube, besonders mochte ich an Madame Saint-Alban all das, was im Gegensatz stand zu meiner Mutter, und ich atmete mit nachdenklichen Sinnen die Mischung ihrer beiden Parfüms. Madame Saint-Alban verbreitete eine schwere Wolke dunkler Gerüche, den Weihrauch ihres gekräuselten Haars und ihrer goldbraunen Arme. Meine Mutter roch nach frischgewaschener Kretonne, nach dem auf Pappelholzglut erhitzten Bügeleisen, dem Blatt Zitronenverbene, das sie in den Händen rieb oder in ihrer Tasche zerkrümelte. Wenn der Abend kam, war mir, als verströme sie den Duft der eben gegossenen Salatköpfe, denn der kühle Duft wehte auf mit ihren Schritten, im Geriesel des Gießkannenregens, inmitten einer Gloriole aus Wasserperlen und Ackerstaub.

Ich lauschte auch gern der von Madame Saint-Alban vorgetragenen Gemeindechronik. Ihre Berichte hängten an jeden vertrauten Namen eine Art unheilverkündendes Schild, ein wetterprognostisches Blatt mit der Voraussage des morgigen Ehebruchs, des nächstwöchigen Ruins, der unerbittlichen Krankheit … Dann flackerte lebhaftes Feuer in ihren gelben Augen, eine leidenschaftliche, ziellose Bosheit erregte sie, und ich musste mich beherrschen, sonst hätte ich gerufen: »Mehr! Mehr!«

Manchmal senkte sie in meiner Gegenwart die Stimme. Noch schöner, wenn nur halb verstanden, hielt der geheimnisvolle Tratsch sich mehrere Tage lang, geschickt angefacht, dann jäh erstickt. Ich erinnere mich besonders gut an die »Bonnarjaud-Geschichte« …

Phantasiebarone oder Landadel, Monsieur und Madame de Bonnarjaud wohnten ärmlich in einem kleinen Schloss, von dessen Stück für Stück verkauften Ländereien nur noch der mauernumschlossene Park übrig war. Kein Vermögen und drei heiratsfähige Töchter. Die »Fräulein Bonnarjaud« zeigten in der Messe verräterische Kleider. Würden die »Fräulein Bonnarjaud« jemals unter die Haube kommen? …

»Sido? Rate mal, was los ist«, rief eines Tages Madame Saint-Alban. »Die zweite Bonnarjaud heiratet!«

Sie kam von den Bauernhöfen, die rings um das Schlösschen verstreut lagen, ausgestattet mit ihren erbeuteten Neuigkeiten und mit Garben von grünem Hafer, mit Klatschmohn und Kornnelken, dem ersten Fingerhut aus den steinigen Abgründen. Eine jadegrüne, durchsichtige Seidenraupe hing an einem zarten Faden unter Madame Saint-Albans Ohr; Pappelflaum klebte wie ein silbriger Bart an ihrem rötlichbraunen, schweißnassen Kinn.

»Setz dich, Adrienne. Trink ein Glas von meinem roten Johannisbeersaft. Du siehst, ich binde gerade meine Kapuzinerkresse hoch. Die zweite Bonnarjaud? Die mit dem etwas schwächlichen Bein? Dahinter wittere ich irgendeinen unschönen Winkelzug … Aber das Leben dieser drei Mädchen ist von einer Traurigkeit und Leere, die jedes Herz zerstört. Langeweile verdirbt! Welche Moral hält stand gegen die Langeweile?«

»Ach du! Wenn du mit deiner Moral anfängst, wo soll uns das hinführen? Außerdem, es handelt sich um keine lächerliche Ehe. Sie heiratet … ich sag's dir ohne Umschweife! … Gaillard du Gougier!«

Unbeeindruckt kniff meine Mutter den Mund zusammen:

»Gaillard du Gougier! Wirklich! Hübsche Partie, kannst du wohl sagen!«

»Der schönste Bursche in der ganzen Gegend! Alle heiratsfähigen Mädchen sind verrückt nach ihm.«

»Warum ›nach ihm‹? Es reicht, wenn du sagst: ›Alle heiratsfähigen Mädchen sind verrückt‹. Na gut … wann ist es so weit?«

»Ja, also! …«

»Ich dachte mir schon, dass es ein ›Ja, also!‹ gibt …«

»Die Bonnarjauds warten auf den Tod einer Großtante, deren ganzes Vermögen die Mädchen erben. Stirbt die Tante, trachten sie nach etwas Höherem als Gougier, du begreifst! So stehen die Dinge …«

In der Woche drauf erfuhren wir, dass die Gougiers und die Bonnarjauds einander »die kalte Schulter zeigten«. Einen Monat später, die Tante war gestorben, setzte Baron de Bonnarjaud den Gougier vor die Tür »wie einen Lakaien«. Gegen Ende des Sommers schließlich erschien Madame Saint-Alban, einer Pomona aus dem Böhmerland gleich, überladen mit roten Weinranken und Sträußen von Herbstzeitlosen, ganz aufgeregt, und flüsterte meiner Mutter ein paar Worte ins Ohr, die ich nicht verstand.

»Nein?«, schrie meine Mutter.

Dann wurde sie rot vor Empörung.

»Was tun sie jetzt?«, fragte sie nach einer Pause.

Madame Saint-Alban zuckte die schönen Schultern, über die Schneeballzweige hingen.

»Was sie jetzt tun sollen? Natürlich die beiden in Nullkommanichts verheiraten! Was sollen sie sonst tun, die guten Bonnarjauds? Die Sache ist schon drei Monate alt, heißt es. Offenbar traf sich Gaillard du Gougier mit der Kleinen abends, ganz nah beim Haus, in dem Pavillon, der …«

»Und Madame de Bonnarjaud gibt ihm ihre Tochter?«

Madame Saint-Alban lachte wie eine Bacchantin:

»Weiß Gott! Na hör mal! Und froh ist sie vermutlich auch noch! Was würdest du machen, an ihrer Stelle?«

Die grauen Augen meiner Mutter suchten nach mir, umfingen mich bitter-streng:

»Was ich tun würde? Ich würde meiner Tochter sagen: ›Trag deine Bürde und geh, meine Tochter, nicht weit weg von mir, jedoch weit weg von diesem Mann, und sieh ihn nie wieder! Oder wenn das böse Verlangen dich noch immer gefangen hält, so triff ihn nachts, im Pavillon. Verbirg sie, deine schändliche Lust. Aber lass diesen Mann nicht am helllichten Tag über die Schwelle des Hauses, denn er war imstande, dich im Dunkel zu nehmen, unter den Fenstern deiner schlafenden Eltern. Sündigen und bereuen, sündigen, dann den Unwürdigen verjagen, das ist keine ewige Schande. Dein Unglück beginnt erst, wenn du einwilligst und die Frau eines Ehrlosen wirst, dein Fehler besteht in der Hoffnung, er könnte dir ein Heim schaffen, dieser Mann, der dich entführt hat aus deinem ...‹«

DAS LACHEN

Sie lachte gern, ein junges, helles Lachen, das ihr Tränen in die Augen trieb und das sie sich hinterher vorwarf, als Verstoß gegen die Würde einer Mutter, die vier Kinder hatte und Geldsorgen. Sie zügelte die Kaskaden ihres Lachens, tadelte sich streng: »Schluss jetzt! Zum Kuckuck! ...«, erlag dann einem neuen Lachanfall, unter dem ihr Kneifer wackelte.

Wir wetteiferten darin, ihr Lachen zu entfesseln, vor allem, als wir älter wurden und auf ihrem Gesicht von Jahr zu Jahr die Sorge um das Morgen wachsen sahen, eine Art Verzweiflung, die es verdüsterte, wenn sie an unser Los als Kinder ohne Vermögen dachte, an ihre bedrohte Gesundheit, ans Alter, das die

Schritte – ein einziges Bein und zwei Krücken – ihres geliebten Gefährten verlangsamte. Stumm glich meine Mutter allen vor Armut und Tod sich ängstigenden Müttern. Beim Reden aber leuchtete auf ihrem Gesicht von neuem eine unbesiegbare Jugend. Auch wenn sie vor Kummer abmagerte, niemals sprach sie in traurigem Ton. Wie durch einen Sprung riss sie sich aus trübseliger Grübelei und rief, mit der Stricknadel auf ihren Mann zielend:

»Ja? Versuch nur, vor mir zu sterben, du wirst schon sehen!«

»Ich versuch's, meine Liebste«, antwortete er.

Sie musterte ihn so grimmig, als wäre er aus Unachtsamkeit auf einen Pelargoniensteckling getreten oder hätte die kleine, mit Gold niellierte chinesische Teekanne zerdeppert:

»Das schaut dir ähnlich! Der ganze Egoismus der Funels und Colettes steckt in dir! Ach! Warum habe ich dich geheiratet?«

»Meine Liebste, weil ich gedroht habe, wenn du dich weigerst, jage ich mir eine Kugel in den Kopf.«

»Richtig. Schon damals, siehst du? Hast du nur an dich gedacht. Und jetzt fällt dir nichts Besseres ein, als vor mir zu sterben. Ja, ja, versuch's nur! …«

Er versuchte es, und es gelang ihm auf Anhieb. Er starb in seinem vierundsiebzigsten Jahr, die Hände seiner Geliebten haltend und auf weinende Augen einen Blick heftend, der seine Farbe verlor, mattblau und milchig wurde, blass wie ein dunstverhangener Himmel. Er bekam das allerschönste Begräbnis auf einem Dorffriedhof, einen Sarg aus gelbem Holz, blank unter einem alten durchlöcherten Waffenrock – sein Hauptmannsrock der Einser-Zuaven –, und meine Mutter begleitete ihn, ohne zu wanken, bis ans Grab, sehr klein und resolut unter ihren Schleiern, und murmelte ganz für ihn allein Liebesworte.

Wir führten sie nach Hause, wo sie loswetterte gegen ihre neue Trauerkleidung, ihren lästigen Kreppschleier, mit dem sie an allen Schubladen- und Türschlüsseln hängenblieb, ihr Kaschmirkleid, das ihr die Atemluft nahm. Sie erholte sich im Salon, neben dem großen grünen Fauteuil, in den mein Vater sich nicht mehr setzen würde und den der Hund schon genüsslich in Beschlag nahm. Sie war fiebrig, rot im Gesicht und sagte ohne Tränen:

»Ach! Was für eine Hitze! Gott, wie heiß einem wird in diesem Schwarz! Glaubst du nicht, ich kann jetzt wieder mein blaues Satinetkleid anziehen?«

»Aber …«

»Was? Weil ich in Trauer bin? Ich hasse dieses Schwarz! Erstens ist es traurig. Warum soll ich allen, denen ich begegne, einen traurigen und unerfreulichen Anblick bieten? Was haben dieser Kaschmir und dieser Kreppschleier mit meinen eigenen Gefühlen zu schaffen? Niemals will ich sehen, dass du meinetwegen Trauer trägst! Du weißt gut, ich mag an dir nur Rosa und gewisse Blautöne …«

Sie stand plötzlich auf, machte ein paar Schritte in Richtung auf ein leeres Zimmer und blieb stehen:

»Ach! … Richtig …«

Sie kehrte wieder um, gestand mit einer demütigen und schlichten Gebärde, dass sie zum ersten Mal an diesem Tag vergessen hatte, dass *er* tot war.

»Soll ich dir was zu trinken bringen, Mama? Möchtest du dich ausstrecken?«

»Nein! Warum? Ich bin doch nicht krank!«

Sie setzte sich wieder und begann Geduld zu lernen, indem sie auf dem Parkettboden, von der Wohnzimmertür bis zur Tür des leeren Zimmers, eine staubige Spur betrachtete, hinterlassen von großen, schweren Schuhen.

Eine kleine Katze kam herein, vorsichtig und naiv, ein ganz normales, unwiderstehliches Kätzchen, vier, fünf Monate alt.

Es spielte für sich selbst eine majestätische Komödie, tapste gemessenen Schritts und reckte den Schwanz wie eine Kerze, in Manier der edlen Herren Kater. Doch ein Salto vorwärts, den nichts ankündigte, warf es Hals über Kopf uns zu Füßen, wo es Angst kriegte vor seiner eignen Narretei, sich zu einem Turban rollte, auf die Hinterbeine stellte, seitwärts tänzelte, den Rücken krümmte, wild kreiselte …

»Schau, schau, Minet-Chéri! Mein Gott, wie komisch!«

Und sie lachte, meine Mutter in Trauer, sie lachte ihr helles Jungmädchenlachen und klatschte in die Hände vor diesem Kätzchen … Die stechende Erinnerung ließ die prächtige Kaskade versiegen, trocknete in den Augen meiner Mutter die Tränen des Lachens. Trotzdem entschuldigte sie sich nicht für ihr Lachen, weder an diesem Tag noch an den folgenden, denn sie tat uns den Gefallen, nachdem sie ihren geliebten Mann verloren hatte, unverändert in unserer Mitte zu bleiben, sie nahm ihren Schmerz an, so, wie sie den Einbruch einer langen trostlosen Jahreszeit angenommen hätte, empfing aber von überallher den flüchtigen Segen der Freude – sie lebte von Licht und Schatten umweht, gramgebeugt, schicksalsergeben, in wechselhafter Stimmung, aber großherzig, geschmückt von Kindern, Blumen und Tieren wie ein nährendes Gefilde.

MEINE MUTTER UND DIE KRANKHEIT

»Wie spät ist es? Schon elf! Siehst du! Gleich kommt er. Gib mir das Kölnisch Wasser und das Frotteetuch. Gib mir auch den kleinen Flakon Veilchenparfüm. Was heißt Veilchenparfüm … Es gibt keinen richtigen Veilchenduft mehr. Sie machen den jetzt aus Iris. Was weiß man schon, machen sie den überhaupt aus Iris? Aber dir ist das gleichgültig, Minet-Chéri, du magst kein Veilchenöl. Was ist los mit unseren Töchtern, warum mögen sie kein Veilchenöl?

Früher einmal parfümierte sich eine wirklich vornehme Frau nur mit Veilchen. Dieses Parfüm, mit dem du dich über und über besprühst, ist kein schicklicher Geruch. Damit willst du nur alle hinters Licht führen. Ja, ja, hinters Licht führen! Dein kurzes Haar, dieses Blau um die Augen, diese Exzentrizitäten, die du dir auf der Bühne erlaubst, das alles ist wie dein Parfüm, du willst nur die andern hinters Licht führen; natürlich, ja, damit die Leute glauben, du seist eine originelle und von allen Vorurteilen befreite Person … Arme Minet-Chéri! Mich lockst du nicht auf den Leim … Kannst du mir meine zwei armseligen Zöpfchen aufmachen, ich hab sie gestern Abend fest geflochten, damit ich heute Morgen hübsch gewellt bin. Weißt du, wie ich aussehe? Wie ein verkrachter Dichter, alt und mittellos. Ab einem gewissen Alter fällt es schwer, die besonderen Merkmale des Geschlechts zu erhalten. Zwei Dinge bekümmern mich in meinem Verfall: dass ich mein blaues Milchtöpfchen nicht mehr selbst abwaschen kann und der Anblick meiner Hand auf dem Bettlaken. Später wirst du's verstehen, bis ans Grab vergisst man ständig das Alter.

Nicht einmal die Krankheit zwingt einen, es im Gedächtnis zu behalten. Ich sag mir alle naselang: ›Mir tut der Rücken weh. Mir tut der Nacken furchtbar weh. Ich hab keinen Hunger. Die Digitalis macht mich benommen, und mir wird davon übel! Ich werde sterben, heute Abend, morgen, gleichviel …‹ Aber ich denke nicht immerzu an die Veränderung, die mir das Alter beschert hat. Und erst beim Blick auf meine Hand ermesse ich diese Veränderung. Ich bin ganz überrascht, dass ich nicht meine kleine zwanzigjährige Hand vor Augen habe … Psst! Sei still, damit ich hören kann, draußen singt jemand … Ach! Das Begräbnis der alten Madame Lœuvrier. Ein Glück, endlich wird sie begraben! Nein, ich bin nicht grausam! Ich sage ›ein Glück!‹, denn jetzt drangsaliert sie ihre arme blöde Tochter nicht mehr, die fünfundfünfzig ist und aus Angst vor der Mutter nie zu heiraten gewagt hat. Ach! Die Eltern! Ich sage ›ein Glück!‹, ein Glück, dass es eine alte Dame weniger gibt auf der Welt …

Nein, wirklich, ich gewöhne mich genauso wenig an mein eigenes Alter wie an das der anderen. Und da ich einundsiebzig bin, gebe ich es besser auf, ich werde mich nie daran gewöhnen. Sei lieb, Minet-Chéri, schieb mein Bett ans Fenster, damit ich die alte Madame Lœuvrier vorbeikommen sehe. Ich sehe gern Begräbnisse vorbeikommen, man erfährt immer etwas. Wieviel Menschen! Das liegt am schönen Wetter. Das verschafft ihnen einen hübschen Spaziergang. Wenn es regnete, hätten bloß drei Katzen sie begleitet, und Monsieur Miroux würde dieses schöne schwarz-silberne Pluviale nicht nass machen. Und soviel Blumen! Ach! Diese Vandalen, der ganze schwefelgelbe Rosenstrauch im Lœuvrier'schen Garten ist draufgegangen. Für eine so alte Dame, dieses Massaker an jungen Blumen …

Und schau, schau nur diese große blöde Tochter, ich hab's ja gewusst, sie heult sich die Seele aus dem Leib. Hm, ist auch verständlich: Sie hat ihren Peiniger verloren, ihre Qual, ihr tägliches Gift, und der Entzug wird sie vielleicht umbringen. Gleich dahinter kommen … ich nenn sie Erbschleichervisagen. Oh! Was für Gesichter! Es gibt Tage, da bin ich froh, dass ich euch keinen Sou hinterlasse. Der Gedanke, mir könnte bis zu meiner letzten Ruhestätte ein rothaariger Kerl folgen wie der da, dieser Neffe, siehst du, der an nichts andres mehr denkt als an den Tod der Tochter …

Ihr wenigstens, ich kenne euch, ihr werdet mich vermissen. Wem wirst du zweimal die Woche schreiben, meine arme Minet-Chéri? Und du, das ist noch gar nichts, du bist ausgeflogen, hast dir dein Nest weit weg von mir gebaut. Aber dein ältester Bruder, wenn der einmal stocksteif an meinem Häuschen vorbeimuss, auf dem Heimweg von seinen Krankenbesuchen, wenn er sein Glas roten Johannisbeersaft nicht mehr bekommt und auch keine Rose, die er zwischen den Zähnen heimträgt? Ja, ja, du liebst mich, aber du bist eine Tochter, ein Tierweibchen, meinesgleichen und meine Rivalin. Er dagegen, in seinem Herzen hatte ich nie eine Rivalin. Bin ich gut frisiert? Nein, keine Haube, nur mein Dreiecktuch aus spanischer Spitze, er kommt gleich. Diese schwarze Menschenmasse hat Staub aufgewirbelt, ich kriege kaum Luft.

Bald wird es Mittag, stimmt's? Wenn ihn unterwegs niemand aufgehalten hat, ist dein Bruder keine Meile mehr von hier entfernt. Mach der Katze auf, sie weiß auch, dass schon fast Mittag ist. Jeden Tag hat sie Angst, nach ihrem Morgenspaziergang, ich könnte wieder gesund sein. Auf meinem Bett schlafen, in der Nacht und am Tag, so ein Schlaraffenland für sie! … Dein Bruder musste heute Morgen nach Arnedon, nach Coulefeuilles und kommt dann zurück über Saint-André. Ich vergesse seine Route niemals. Ich begleite ihn, verstehst du. In Arnedon behandelt er den Kleinen der schönen Arthémise. Diese Kinder von ledigen Mädchen, sie leiden durch das Korsett ihrer Mütter, die ihr Kleines geheim halten und fest zusammenschnüren unter Korsettstangen. Herrje, ist doch kein schändlicher Anblick, so ein schönes, reuloses Mädchen mit seinem schweren Leib …

Horch, horch … Das ist der Wagen, oben auf der Anhöhe! Minet-Chéri, sag deinem Bruder nicht, dass ich heute Nacht drei Anfälle hatte. Erstens verbiete ich's dir. Und wenn du ihm nichts sagst, schenke ich dir das Armband mit den drei Türkisen … Du gehst mir auf die Nerven, mit deinen Argumenten. Was heißt schon Aufrichtigkeit! Erstens weiß ich besser als du, was das ist, Aufrichtigkeit. Aber in meinem Alter gibt's nur noch eine Tugend: Niemandem Kummer bereiten. Schnell, das zweite Kissen in meinen Rücken, damit ich gerade sitze, wenn er hereinkommt. Die zwei Rosen, da, ins Glas ... Riecht es hier nicht nach abgestandener alter Frau? Bin ich rot? Er findet bestimmt, ich sehe weniger gut aus als gestern, ich hätte nicht so lange reden dürfen, natürlich ... Klapp den Fensterladen ein bisschen zu, und dann, hör mal, Minet-Chéri, leih mir deine Puderquaste ...«

MEINE MUTTER UND DIE VERBOTENE FRUCHT

Es kam eine Zeit, da ließen ihre Kräfte nach. Sie geriet in unendliches Staunen und wollte es einfach nicht glauben. Wenn ich sie aus Paris besuchen kam, hatte sie immer, sobald wir nachmittags allein waren in ihrem kleinen Haus, irgendeine Sünde zu gestehen. Einmal hob sie den Saum ihres Kleids, rollte den Strumpf übers Schienbein hinunter und zeigte einen violetten Fleck, die Haut fast aufgeplatzt.

»Schau dir das an!«

»Was hast du wieder angestellt, Mama?«

Sie blickte mit großen Augen, voller Unschuld und Verlegenheit.

»Du wirst es nicht glauben: Ich bin auf der Treppe gestürzt!«

»Was heißt gestürzt?«

»Ja, einfach so! Ich ging die Treppe hinunter und bin gestürzt. Es ist unerklärlich.«

»Du bist zu schnell hinuntergegangen? ...«

»Zu schnell? Was heißt zu schnell? Ich ging schnell. Hab ich denn Zeit, eine Treppe hinabzuschreiten wie der Sonnenkönig? Und wenn das alles wäre ... Aber schau nur!«

Auf ihrem hübschen Arm, noch so frisch neben der welken Hand, blähte sich eine wässrige Brandblase.

»Oh! Was ist das denn?«

»Mein heißer Wasserkessel.«

»Der alte kupferne Wasserkessel? Der fünf Liter fasst?«

»Ja, der. Wem kann man noch trauen? Er kennt mich seit vierzig Jahren! Ich weiß nicht, was in den gefahren ist, er kochte und sprudelte, ich wollte ihn vom Feuer ziehen, zack, etwas knackste im Handgelenk … Zum Glück habe ich nur die Blase … Aber so eine Geschichte! Darum hab ich den Schrank auch in Ruhe gelassen …«

Sie errötete heftig und sprach nicht weiter.

»Welchen Schrank?«, fragte ich streng.

Meine Mutter wehrte sich, schüttelte den Kopf, als wollte ich ihr eine Leine überstreifen.

»Nichts! Gar kein Schrank!«

»Mama! Gleich werd ich böse!«

»Wenn ich sage: ›Ich hab den Schrank in Ruhe gelassen‹, kannst du das ja auch mit mir machen. Er steht an seinem Platz, der Schrank, stimmt's? Lasst mich doch alle in Frieden!«

Der Schrank … ein Ungetüm aus altem Nussbaumholz, fast so breit wie hoch, ohne irgendeine Verzierung, außer der kreisrunden Spur einer preußischen Kugel, eingedrungen durch den rechten Türflügel und ausgetreten durch die Rückwand …

»Möchtest du ihn weghaben vom Treppenflur, Mama?«

Sie schaute mit einem Blick wie eine junge Kätzin, falsch und funkelnd, in ihrem runzligen Gesicht:

»Ich? Er steht da sehr gut: Und da soll er auch bleiben!«

Wir kamen dennoch überein, mein Arztbruder und ich, dass Misstrauen angezeigt war. Er sah meine Mutter jeden Tag, denn sie war ihm hinterhergezogen und wohnte im selben Dorf, er pflegte sie mit gut kaschierter Leidenschaft. Sie kämpfte gegen all ihre Gebrechen mit erstaunlicher Flexibilität, vergaß sie, trickste sie aus, errang flüchtige, aber glänzende Siege, rief ganze Tage lang ihre erlahmten Kräfte zurück, und das Rumoren ihrer Kämpfe war, wenn ich ein paar Tage bei ihr verbrachte, im ganzen kleinen Haus zu hören, und dann musste ich an den Fox denken, der einer Ratte den Garaus macht …

Morgens um fünf, meinem Zimmer gegenüber, weckte mich der Glockenschlag des auf den Spülstein der Küche gestellten vollen Eimers …

»Was machst du mit dem Eimer, Mama? Kannst du nicht warten, bis Joséphine kommt?«

Und ich lief zu ihr. Aber das Feuer brannte schon, genährt von trockenen Holzspänen. Die Milch kochte auf der Glut des blaugekachelten Herds. Daneben schmolz in ein klein wenig Wasser die Tafel Schokolade für mein Frühstück. Unbeugsam saß meine Mutter in ihrem Strohsessel und mahlte duftenden Kaffee, den sie selber röstete. Die Morgenstunden waren ihr stets wohlgesonnen; sie trug auf den Wangen ihren rötlichen Schimmer. Frisch geschminkt durch eine kurz wiederaufblühende Gesundheit, der aufgehenden Sonne zugewandt, freute sie sich, derweil in der Kirche zur Frühmesse geläutet wurde, dass sie noch während unseres Schlafs so viele verbotene Früchte genossen hatte.

Die verbotenen Früchte, das waren der aus dem Brunnen gezogene viel zu schwere Eimer, die mit einer Axt auf dem Eichenklotz zerkleinerten Holzspäne, der Spaten, die Hacke und vor allem die an der Luke des Holzschuppens lehnende Stehleiter. Das waren der kletternde Spalierwein, dessen Ranken sie an der Dachbodenluke festband, die blühenden Stiele des allzu hohen Flieders, die plötzlich von Schwindel befallene Katze, die vom Dachfirst geholt werden musste … All die Komplizen ihres Lebens einer rundlichen und robusten kleinen Frau, all die subalternen ländlichen Gottheiten, die ihr gehorchten und sie mit Stolz erfüllten, weil sie keine Dienstboten brauchte, wandelten sich nunmehr zu Gegnern. Aber sie machten ihre Rechnung ohne die Kampfeslust, die meine Mutter erst zusammen mit dem Leben verließ. Mit einundsiebzig sah die Morgenröte sie noch triumphierend, wenn auch nicht unversehrt. Vom Feuer verbrannt, von der Hacke geschnitten, durchnässt von schmelzendem Schnee oder verschüttetem Wasser, fand sie Mittel und Wege, hatte ihre schönsten Stunden der Freiheit bereits gelebt, bevor die ersten Frühaufsteher ihre Fensterläden aufstießen, und berichtete uns nun vom Erwachen der Katzen, von der Arbeit am Nestbau, von den Neuigkeiten, die ihr, zusammen mit dem Maß Milch und dem warmen Brotwecken, Milchfrau und Brotausträgerin überbrachten, kurzum, von der Chronik des anbrechenden Tages.

Erst als ich die Küche eines Morgens kalt vorfand und das blaue Emailletöpfchen an der Wand hängen sah, fühlte ich das Ende meiner Mutter nahen. Ihre Krankheit besserte sich noch mehrere Male, dann loderte die Flamme wieder im Herd, und der Geruch von frischem Brot und geschmolzener Schokolade stahl sich unter meiner Zimmertür hindurch, zusammen mit einer ungeduldigen Katzenpfote. Diese Phasen der Besserung waren eine Zeit unerwarteter Alarmsignale. Man fand meine Mutter und den mächtigen Nussholzschrank, alle beide unten am Ende der Treppe, die eine wollte den andern heimlich aus dem oberen Stock ins Erdgeschoss schaffen. Worauf mein Bruder verlangte, meine Mutter müsse sich Ruhe gönnen und eine alte Dienerin in dem kleinen Haus schlafen. Doch was konnte eine alte Magd ausrichten gegen eine Lebenskraft, so jung und arglistig, dass sie einen schon halb dem Tod verfallenen Körper verführte und mitriss? Als mein Bruder eines Tages vor Sonnenaufgang von einem Krankenbesuch auf dem

Land heimkehrte, erwischte er meine Mutter auf frischer Tat bei der übelsten Schurkerei. Im Nachtgewand, aber mit klobigen Gartenpantoffeln an den Füßen, das graue Zöpfchen einer Siebzigjährigen wie ein Skorpionschwanz im Nacken emporgereckt, einen Fuß auf dem buchenen Schragen, den Rücken krumm wie ein geübter Tagelöhner, verjüngt durch einen Gesichtsausdruck von unbeschreiblicher Wonne und Schuld, sägte meine Mutter, allen Schwüren und dem eisigen Morgentau zum Trotz, Holzscheite im Hof.

DAS »PRACHTSTÜCK«

»So ein Prachtstück! Ein-Pracht-Stück!«

»Ich weiß. Sie gibt sich ja auch alle Mühe. Macht sie ganz bewusst!«

Auf diese Antwort bekomme ich von der Dame-die-ich-ein-wenig-kenne einen empörten Blick. Sie streichelt, bevor sie geht, noch einmal Pati-Patis runden Kopf und seufzt: »Ach, du Schatz!« im Ton von »unverstandene arme Dulderin …« Meine Brabanterin schenkt ihr zum Abschied einen sentimentalen und schrägen Blick – viel Weiß, sehr wenig Braun – und beginnt auf der Stelle, denn sie will einen Unbekannten, der sie bewundert, zum Lachen bringen, Hundegebell nachzuahmen. Um Hundegebell nachzuahmen, bläht Pati-Pati ihre Mondfischwangen, presst die Augen aus den Höhlen, wölbt ihre Brust wie einen Schild und blafft halblaut so etwas wie:

»Gu-gu-gu …«

Dann plustert sie ihren Ringkämpferhals, lächelt, wartet auf Beifall und ergänzt noch bescheiden:

»Oah.«

Wenn das Publikum ganz aus dem Häuschen gerät, wird es

von Pati-Pati, die Dacapos verschmäht, mit einer Abfolge modulierter Tönen beglückt, in der jedermann Walrossgeschniefe erkennt, einen girrenden Frosch im Sommerregen, manchmal auch Hupsignale, niemals jedoch Hundegebell.

Jetzt kokettiert sie mit einem unbekannten Restaurantgast in Célimène-Manier:

»Komm«, sagt der Unbekannte wortlos.

»Für wen halten Sie mich?«, erwidert Pati-Pati. »Plaudern wir ein bisschen, wenn Sie möchten. Weiter gehe ich nicht.«

»Ich hab Zucker in meiner Untertasse.«

»Glauben Sie, den hätte ich nicht gesehen? Zucker ist eine Sache, Treue etwas anderes. Seien Sie froh, dass ich für Sie mein rechtes Auge funkeln lasse, das goldbraune, gleich hüpft's heraus, und mein linkes Auge, eine Murmel aus Glimmerquarz … Schauen Sie in mein rechtes Auge … Und in mein linkes … Und wieder in mein rechtes …«

Ich unterbreche gestreng den stummen Dialog:

»Pati-Pati, ist jetzt bald Schluss mit diesem schamlosen Getue?«

Sie stürzt sich mit Leib und Seele auf mich:

»Ja, gewiss, Schluss damit! Wenn du's möchtest, ist sofort Schluss! Dieser Unbekannte weiß sich zu benehmen … Aber du hast gesprochen: Schluss damit! Was willst du?«

»Wir gehen. Runter, Pati-Pati.«

Geschickt und lebhaft springt sie auf den Teppich. Auf allen vieren gleicht sie – breit im Kreuz, mit gutem Hinterteil, die Brust vorgewölbt – einem winzigen Cob Bai. Die schwarze Maske lacht, der Stummelschwanz überträgt sein Gewedel bis hinauf in den Nacken, und die Ohren bannen, wie Hörner gen Himmel gespitzt, eine mögliche Jettatura. So präsentiert sich meine kurzhaarige Brabanterin der allgemeinen Begeisterung, Züchter halten sie für ein »ganz typisches Exemplar«, empfindsame Damen für »ein Prachtstück«, das offiziell Pati-Pati heißt, in meinem Umkreis bekannter unter dem Namen »Hausdämon«.

Sie ist zwei Jahre alt, besitzt die Fröhlichkeit eines Kobolds, die Ausdauer eines Laufchampions. Im Bois de Boulogne springt Pati-Pati dem Fahrrad voraus; auf dem Land absolviert sie im Schatten des Wagens eine stattliche Anzahl von Kilometern.

Wieder zurück jagt sie noch Eidechsen auf dem warmen Stein …

»Bist du denn nie müde, Pati-Pati?«

Sie lacht wie eine Tabaksdose:

»Nie! Aber wenn ich schlafe, dann eine ganze Nacht, immer auf derselben Seite liegend. Ich war noch nie krank, hab nie auf einen Teppich gepinkelt, mich nie erbrochen, ich bin leicht, frei von jeder Sünde, rein wie eine Lilie …«

Das stimmt. Sie stirbt pünktlich vor Hunger zur Essenszeit. Sie rast vor Begeisterung zur Spaziergangszeit. Sie irrt sich bei Tisch nie im Stuhl, liebt Fisch, schätzt Fleisch, begnügt sich mit einem Brotkanten, verschlingt kennerhaft Erdbeere und Mandarine. Wenn ich sie zu Hause lasse, genügt das Wort »nein!«; sie setzt sich mit artiger Miene auf den Treppenabsatz und verbirgt eine Träne. In der Metro verschwindet sie unter meinem Cape; in der Eisenbahn macht sie eigenpfötig ihr Bett, indem sie eine Decke zerrauft und zu dicken Falten zusammenwühlt. Sobald es Abend wird, überwacht sie das Gartentor und bellt nach jedem Verdächtigen.

»Sei still, Pati-Pati.«

»Ich bin still«, antwortet beflissen Pati-Pati. »Aber ich spiele Raubtier, entlang der sechs Meter Garten. Ich stecke den Kopf durch die Gitterstäbe, ich erschrecke üble Passanten und die Katze, wenn sie nachts die Begonien zerfleddert, den Hund, der sein Bein hebt bei den Hängegeranien …«

»Genug aufgepasst, wir gehen rein, Pati-Pati.«

»Wir gehen rein«, ruft sie mit ihrem ganzen Körper. »Nicht ohne dass ich hier noch eine Minute gegrübelt habe, mit offenem Maul wie der Frosch beim Tonneau-Spiel, und dort ein bisschen länger, angespannt, den Buckel gewölbt zum Schneckenhaus … So, erledigt. Wir gehen rein! Hast du die Tür gut verriegelt? Pass auf! Du übersiehst eine der Katzen, die sich unterm Vorhang versteckt und die Nacht im Esszimmer zubringen will … Ich zaus sie dir und scheuch sie dir und bugsier sie dir ins Körbchen. Hopp!, geschafft. Jetzt bin ich dran. Was hör ich da im Keller? Nein, nichts. Mein Schlafkorb, mein flauschiger Wollzipfel überm Kopf … und, ganz dringend, dein Kraulen. Danke. Ich liebe dich. Bis morgen.«

Morgen, wenn sie vor acht erwacht, wird sie mucksmäuschenstill warten, Pfoten auf dem Korbrand, Augen aufs Bett geheftet. Zum Elf-Uhr-Spaziergang steht sie bereit, tadellos, wie immer. Ist es ein Fahrradtag, dann krümmt Pati-Pati den Rücken, damit ich sie am Fell packe und vor dem Lenker, rund zusammengerollt, in ein Erdbeerkörbchen setze. Auf den leeren Wegen des Bois de Boulogne springt sie runter: »Nach rechts, Pati-Pati, nach rechts!« Innerhalb von zwei Tagen hält sie ihre rechte Seite – Pardon, meine rechte Seite – und ihre linke Seite auseinander. Sie versteht hundert Wörter unserer Sprache, weiß ohne Uhr, wie spät es ist, kennt unsere Namen, wartet auf den Fahrstuhl, anstatt die Treppe hochzulaufen, streckt nach dem Bad von ganz allein Bauch und Rücken in Richtung elektrischer Fön.

Wenn ich zum Arbeiten die Hefte aus farbigem Papier auf dem Schreibtisch ausbreite, legt sie sich hin, manikürt geräuschlos ihre Nägel und träumt, respektvoll, ohne sich zu rühren. Einmal, als ein Glasscherben sie verletzte, hielt sie mir von ganz allein die Pfote hin, drehte während des Verbindens den

Kopf weg, sodass ich nicht mehr wusste, verarzte ich ein Tier oder ein tapferes Kind … Wann entdecke ich bei ihr einen Fehler? Durch welchen Zufall gelangte unter die runde Schädeldecke eines winzigen Hundes so viel Menschenverstand? Jeder nennt sie ein »Prachtstück«. Ich suche, was ich ihr vorwerfen könnte …

So entfaltete sich, an Tugend wie an Schönheit, Pati-Pati, Blume des Brabant. Im sechzehnten Arrondissement verbreitete sich ihr Ruf dermaßen, dass ich in eine Heirat einwilligte. Ihr Verlobter ähnelte, als er sich ihr näherte, einem rasenden Maikäfer, dessen Farbe und kräftigen Rücken er hatte, und seine Erobererpfötchen scharrten ungeduldig, kratzten auf dem Steinboden. Pati-Pati nahm ihn kaum wahr, und auf die flüchtige Begegnung, bei der sie höchst zerstreut wirkte, folgte keine weitere.

Doch während der fünfundsechzig Tage wurde Pati-Pati immer dicker, glich erst einer Sandeidechse mit ausladendem Bauch, dann einer leicht plattgedrückten Melone, dann …

Zwei Pati-Patis in zartem Alter und Kleinstformat torkeln jetzt in einem Korb. Bewahrt vor jeder herkömmlichen Verstümmelung, tragen sie Jagdhornschwanz und Salatblattohren.

Sie trinken reichlich Milch, müssen sich diese aber durch ihrem Alter ungemäße akrobatische Kunststücke erkaufen. Pati-Pati hat nichts von diesen hingespreiteten Hündinnen, ganz Bauch und ganz Zitzen, die sich glückselig ihrer hehren Aufgabe widmen. Sie stillt im Sitzen, zwingt ihre Welpen in die Haltung des Mechanikers, der unter einer havarierten Karre flach auf dem Rücken liegt. Sie stillt hingestreckt wie eine Sphinx, Nase auf den Pfoten – »Pech! Seht zu, wie ihr rankommt!« –, und trabt, wenn das Telefon klingelt, in Richtung Apparat, zwei an ihren Brustwarzen festgesaugte Winzlinge im Schlepptau.

Sie nuckeln, selbstvergessen, beharrlich, sie nuckeln auf gut Glück und gedeihen, trotz ihrer Mutter und deren menschlicher – allzu menschlicher – Sorge um lauter menschliche Dinge.

»Wer hat angerufen? Ich höre das Auto … Wo ist mein Halsband? Deine Tasche und deine Handschuhe liegen auf dem Tisch, wir gehen aus, stimmt's? Es hat geläutet! Nimmst du mich mit zum *Matin*? Ich weiß, es ist Zeit … Was schleift da unter mir? Schon wieder dieses Hündchen! Überall liegt das rum … Und dort noch eins … Nichts anderes mehr zu sehen hier im Haus. Die sind süß? Pah! … Ja, süß. Los, los, beeil dich … Ich lass dich nicht aus den Augen, falls du ohne mich wegwillst …«

Pati-Pati, meine Freunde werden Sie stets, ohne Widerspruch meinerseits, »Prachtstück unter allen Prachtstücken« nennen und »Perfektion«. Aber ich weiß jetzt, woran es Ihnen fehlt: Sie mögen keine Tiere.

BÂ-TOU

Ich hatte sie am Quai d'Orsay eingefangen, in einem großen Büro, dessen kostbarster Schmuck sie war, neben einer chinesischen Stickerei. Als ihr kurzzeitiger Besitzer, in Verlegenheit gebracht durch ein so schönes Geschenk, mich über Telefon herbeirief, fand ich sie auf einem alten Tisch sitzend, das Hinterteil auf diplomatischen Urkunden und mit ihrer Intimpflege beschäftigt. Sie zog die Augenbrauen zusammen, als sie mich sah, sprang auf den Boden und begann Raubtierrunden zu drehen, von der Tür zum Fenster, vom Fenster zur Tür, mit dieser besonderen Art zu schleichen und von einem Fuß auf den andern zu treten, dem Hindernis trotzend, die ihr und all ihren Geschwistern eignet. Doch ihr Besitzer warf ein Papierknäuel, und nun lachte sie, mit einem gigantischen Sprung, einer Verausgabung ungenutzter Kraft, die sie in ihrer ganzen Pracht zeigten. Sie war so groß wie ein Spaniel, mit langen, muskulösen Oberschenkeln, die am breiten Kreuz ansetzten, das Vorderteil schmaler, der Kopf eher klein, mit weißgefütterten Ohren, außen bemalt in schwarzgrauer, der Flügelzeichnung von Nachtfaltern ähnlicher Musterung. Ein kleiner, verächtlicher Kiefer, Schnurrhaare so steif wie trockenes Dünengras und Augen aus schwarzgefasstem Bernstein, Augen, mit einem Blick so rein wie ihre Farbe, Augen, die niemals klein beigaben vor einem menschlichen Blick, Augen, die niemals logen … Eines Tages wollte ich die schwarzen Flecken zählen, die ihr Fellkleid zierten, korngelb auf Rücken und Kopf, elfenbeinweiß am Bauch; es gelang mir nicht.

»Sie stammt aus dem Tschad«, sagte ihr Besitzer. »Sie könnte auch aus Asien stammen. Wahrscheinlich ist sie ein Schneeleopard. Sie heißt Bâ-tou, was ›die Katze‹ bedeutet, und ist zwanzig Monate alt.«

Ich nahm sie mit; aber sie biss in ihre Reisekiste und streckte durch die Stäbe des Luftlochs eine mal geöffnete, mal zusammengeballte Pfote, wie eine empfindsame Meeresblume.

Ich hatte nie zuvor in meinem Haus ein so natürliches Geschöpf besessen. Das Alltagsleben zeigte sie mir unberührt, frei von jedem zivilisatorischen Schaden. Der verwöhnte Hund rechnet und lügt, die Katze verstellt sich und heuchelt. Bâ-tou verbarg nichts. Sie war gesund und wohlriechend, ihr Atem frisch, und ich könnte schreiben, sie benahm sich wie ein naives Kind, gäbe es naive Kinder. Als sie zum ersten Mal mit mir spielte, packte sie mich fest am Bein, um mich umzuwerfen. Ich ermahnte sie harsch, sie ließ los, wartete und begann von neuem. Ich setzte mich auf den Boden und drosch mit der Faust gegen ihre schöne samtige Nase. Überrascht, fragte sie mit dem Blick, ich lächelte und kraulte ihr den Kopf. Sie ließ sich auf die Seite fallen, mit gut hörbarem tiefen Geschnurr, und bot mir wehrlos den Bauch. Ein Wollknäuel, das sie zur Belohnung erhielt, brachte sie ganz aus dem Häuschen: Von wie vielen, auf mageren afrikanischen Weiden gerissenen Lämmern erkannte sie, fern und erkaltet, den Geruch? …

Sie schlief in einem Korb, benutzte das Kistchen mit Sägemehl wie eine gut erzogene Katze, und wenn ich mich im warmen Wasser ausstreckte, erschien ihr lachender und bedrohlicher Kopf zwischen zwei Pfoten auf dem Rand der Badewanne …

Sie liebte Wasser. Morgens stellte ich ihr oft eine Schüssel Wasser hin, die sie mit großen Prankenhieben leerte. Ganz nass, glücklich, schnurrte sie. Würdevoll spazierte sie umher, einen gestohlenen Pantoffel zwischen den Zähnen. Unzählige Male rollte sie ihre Holzkugel die kleine Treppe hinunter und wieder hinauf. Beim Klang ihres Namens »Bâ-tou« kam sie mit einem bezaubernden, sanften Schrei angelaufen und saß verträumt, mit offenen Augen, nonchalant zu Füßen des nähenden Hausmädchens. Sie aß gemächlich und schnappte behutsam Fleisch von den Fingerspitzen. Jeden Morgen konnte ich ihr meinen Kopf hinhalten, den sie mit allen vier Pfoten umfing, um dann mit gut bewehrter Zunge die kurzen Haare abzuraspeln. Eines Morgens umfing sie meinen nackten Arm allzu grob, und ich bestrafte sie. Beleidigt sprang sie mich an, und ich hatte auf den Schultern das irritierende Gewicht eines Raubtiers, seine Zähne, seine Krallen … Ich sammelte all meine Kräfte und schleuderte Bâ-tou gegen die Wand. Ein schreckliches Miauen, ein Heulen brach aus ihr hervor, ein Kampfgebrüll, und sie sprang erneut. Ich packte ihr Halsband, um sie noch einmal gegen die Wand zu schleudern, und schlug ihr mitten ins Gesicht. In diesem Augenblick konnte sie mich gewiss ernsthaft verletzen. Sie tat es nicht, beherrschte sich, blickte mir ins Gesicht und überlegte … Ich schwöre, es war nicht Angst, was ich in ihren Augen las. Sie *wählte*, in diesem kritischen Moment, sie entschied sich für Frieden, Freundschaft, loyale Verständigung; sie legte sich hin und leckte ihre heiße Nase …

Wenn ich Ihnen nachtrauere, Bâ-tou, dann mischt sich unter meine Trauer der quälende Gedanke, dass ich eine Freundin aus dem Haus gejagt habe, eine Freundin, die Gott sei Dank nichts Menschliches hatte. Als ich Sie auf der Gartenmauer sah – eine vier Meter hohe Mauer, auf deren First Sie mit einem Satz sprangen –, von da oben irgendwelche zu Tode erschrockenen Katzen verwünschend, da begann ich zu zittern. Und dann, ein anderes Mal, sind Sie ganz nah an die kleine Hündin herangekommen, die ich auf dem Schoß hielt, Sie haben die genaue Stelle vermessen, unter ihrem Ohr, wo eine geheimnisvolle Quelle liegt, und Sie haben geleckt, geleckt, geleckt, dann ein bisschen mit den Zähnen geknabbert, langsam und mit geschlossenen Augen … Ich verstand und sagte nur ganz leise, bekümmert: »Oh! Bâ-tou! …«, und Sie haben am ganzen Körper gezittert, vor unterdrückter Scham und Gier.

Wie schade! Bâ-tou, das einfache Leben, die wilde Zärtlichkeit sind allzu schwierige Dinge in unsern Landstrichen … Der römische Himmel ist Ihnen neue Heimat; ein Graben, zu breit für Ihre Sprungkraft, trennt Sie von den Menschen, die einen zoologischen Garten besuchen und Raubkatzen necken; und ich hoffe, Sie haben mich vergessen, mich, die wusste, Sie sind unschuldig, schuldig höchstens durch Ihre Rasse, und die erlaubte, dass man Sie zu einer Gefangenen macht.

BELLAUDE

»Madame, Bellaude ist ausgerissen.«

»Wann?«

»Heute Morgen, gleich als ich aufmachte. Da wartete ein Schwarzweißer vor der Tür.«

»O mein Gott! Hoffentlich kommt sie am Abend wieder …«

Nun ist sie also weg. Außer dass in diesem Monat die Zeit der Hundeliebschaften anbricht, ließ nichts ihre Flucht voraussahnen; sie folgte uns ohne Zögern und ohne Zaudern, schön in ihrem schwarzen und lohfarbigen Kleid eines Rotstrumpfs, mit ihrem lässigen Passgang, wobei ihre doppelten Wolfskrallen an den Hinterläufen wie kleine Gehänge baumeln. Sie schnupperte am Gras, knabberte, mied verächtlich das frenetische Sich-im-Kreis-Drehen der Brabanterinnen. Und dann blieb sie eines Tages wie angewurzelt stehen, spitzte freudig die Ohren, fixierte einen fernen Punkt, lächelte, und ihr ganzer Körper schrie in klarster Hundesprache:

»Ah! Da ist er!«

Gerade mal Zeit zu fragen: »Wer denn?«, und schon war sie zweihundert Meter weit, denn sie hatte ihn gesehen, ihn, *Ihn* – irgendeinen kleinen gelben Köter …

Sie hat eine Vorliebe – sie, lang und leicht wie ein Reh, sie, hoch und mit stolzem Hals – für Zwerge, für Fox- und Bassetbastarde, falsche Terrier, winzige zappelige Spitze. Über alles schätzt sie einen weißen Pudel, seit vielen Wintern versteckt unter erdigem Schnee, der in keinem Sommer schmilzt. Er umwirbt meine Rotstrümpfin mit der unterwürfigen Aufdringlichkeit eines alten Literaten. Er bestaunt sie von unten her, wie über eine Brille hinweg, durch sein ungepflegtes weißes Zottelhaar. Er begleitet sie, mehr nicht, und trippelt hinter ihr in einem Foxtrott, der seine schmutzig weißen Strähnen schüttelt.

Nun ist sie weg. Wohin? Für wie lange? Ich fürchte nicht, sie könnte überfahren werden oder gar gestohlen; wenn eine fremde Hand sich nach ihr ausstreckt, hat sie eine schlangenhafte Art, den Hals wegzudrehen, ihre Zähne zu zeigen, die auch den Entschlossensten verunsichert. Aber es gibt das Lasso, den Hundefänger …

Ein Tag vergeht.

»Madame, Bellaude ist nicht wiedergekommen.«

Es hat geregnet heute Nacht, ein lauer, schon frühlingshafter Regen. Wo treibt es sich herum, das Flittchen? Sie hungert; aber trinken kann sie: Die Rinnsale plätschern, im Bois de Boulogne glitzern die Pfützen.

Ein nasser kleiner Hund hält Wache vor meiner Tür, am Gartenzaun. Auch er wartet auf Bellaude … Im Bois de Boulogne frage ich meinen Freund, den Parkwärter, ob er nicht die große schwarze Hündin gesehen hat, mit den lohfarbigen Beinen, Augenbrauen und Wangen … Er schüttelt den Kopf:

»Nichts dergleichen habe ich gesehen. Was hab ich heute schon gesehen? Nicht viel. Weniger als nichts. Eine Dame, die nicht einer Meinung war mit ihrem Gatten, und einen Herrn in Lackschuhen, der mich gefragt hat, ob es nicht zwei Zimmer zu mieten gäbe in einem der Wärterhäuser, denn er sei obdachlos … Sehen Sie, nichts Besonderes.«

Ein weiterer Tag vergeht.

»Bellaude ist noch immer nicht wiedergekommen, Madame …«

Um halb zwölf breche ich auf zu meinem Spaziergang, fest entschlossen, die Wälder Auteuils zu durchkämmen. Überall bebt ein heimlicher Frühling, bis hinein in den Wind, beißend, sobald er schärfer bläst, weich und lau, wenn er nachlässt.

Keine schwarz-lohfarbige Hündin weit und breit, dafür aber die spitzen Hörner der künftigen Hyazinthen und die schon breiten Blätter des Aronstabs. Und eine verirrte, ausgehungerte Biene, die über dem feuchten Moos taumelt und die man in der Hand wärmen kann, ohne dass sie sticht. An den Holundersträuchern schießt aus jeder Blattachsel ein neues Büschel von zartem Grün. Und sechs Jahre haben mir beigebracht, im kratzigen Triller, in der kurzen und absteigenden chromatischen Tonleiter, die ab Februar eine Vogelkehle ausstößt, die Stimme der großen Sängerin zu erkennen, eine Nachtigall aus Auteuil, die ihrem Wäldchen treu bleibt, eine Nachtigall, deren Stimme im Frühling die Nächte erleuchtet. Über meinem Kopf übt sie heute Morgen den Gesang, den sie jedes Jahr wieder vergisst. Immer von neuem beginnt sie ihre unvollkommene chromatische Tonleiter, unterbricht sie mit heiserem Lachen, aber schon klingt aus einigen Noten das Kristall einer Mainacht, und wenn ich die Augen schließe, rufe ich unter diesem Gesang unwillkürlich den Duft herbei, der schwer herabsinkt von den blühenden Akazien …

Doch wo ist meine Hündin? Ich gehe einen Lattenzaun aus Kastanienholz entlang, ich steige über dicht am Boden gespannte Drähte, dann stehe ich vor einer Umzäunung aus Kastanienholz, an deren Ende mich ein dicht am Boden gespannter Draht erwartet. Welch teuflische Fürsorge errichtet, um den Landschaftsliebhaber zu entmutigen und dem Spaziergänger die Knochen zu brechen, all diese verheerenden Zäune und Drähte? Ich mache kehrt, denn ich habe es satt, bei den Befestigungsmauern einen Kastanienholzzaun entlangzugehen, der, ich schwöre es, einen zweiten Kastanienholzzaun schützt, der wiederum, ein Stück weiter, einem grüngestrichenen Holzgeflecht als Bollwerk dient … Und dabei wird der Stadt vorgeworfen, sie vernachlässige den Bois de Boulogne!

Etwas bewegt sich hinter einer dieser Umzäunungen … Etwas Schwarzes … Lohfarbiges … Weißes … Gelbes … Meine Hündin! Es ist meine Hündin!

Gesegnete Stadtverwaltung! Schützende Barrikaden! Wunderwirksame Einfriedungen! Es ist nicht nur meine Hündin, in Sicherheit vor Automobilen, da sind außerdem noch – ein, zwei, drei, vier, fünf – fünf Hunde um sie herum, verdreckt, ein paar blutverschmiert vom Kämpfen, alle japsend, erschöpft, der größte erreicht keine dreißig Zentimeter Widerristhöhe …

»Bellaude!«

Sie hatte mich nicht kommen hören, sie mimt Célimène. Tugendhaft wider Willen, unerreichbar durch Zufall, verliert sie bei meinem Schrei die Fassung und wirft sich augenblicks zu Boden, an ihre Unterwürfigkeit erinnert …

»Oh! Bellaude! …«

Sie kriecht, sie fleht. Aber ich will noch nicht verzeihen und weise ihr bloß mit theatralischer Geste, über die einstigen Befestigungsmauern hinweg, den Weg ihrer Pflicht, das Zuhause … Sie zögert nicht, sie setzt über den Lattenzaun und distanziert spielend leicht, mit ein paar Sprüngen die Meute der Pygmäen, die hinterherjagt mit flatternden Zungen …

Was habe ich getan? Wenn Bellaude unterwegs einem Verführer von edlem Wuchs begegnet …

»Madame, Bellaude ist wiedergekommen.«

»Mit fünf kleinen Hunden?«

»Nein, Madame, mit einem großen.«

»O mein Gott! Wo ist er?«

»Dort, Madame, auf der Böschung.«

Ja, dort ist er, und ich erinnere mich mit einem Seufzer der Erleichterung an das Lied: »Eheleute müssen zueinander passen …« Auf Bellaude wartet ein Ulmer Doggenrüde, mit stierem Blick, reglos unter seinem Halsband und seinem grünledernen Maulkorb, und genauso schwer, genauso breit, genauso hoch – dem Zufall sei Lob und Dank! – wie ein Kalb.

ZWEI KATZENMÜTTER

Er ist nur ein junger Kater, Frucht der Liebschaft – und der Mesalliance – Mounes, einer blauen Perserkatze, mit irgendeinem anonymen Gestreiften, weiß Gott, von Gestreiften wimmelt es in den Gärten Auteuils! An Vorfrühlingstagen, um die Mittagsstunde, wenn die aufgetaute Erde unter der Sonne dampft und duftet, scheinen manche Beete, manche aufgelockerte Rabatten, die auf Samen warten und auf Pflänzchen, von lauter Blindschleichen bevölkert: Die gestreiften Herren, trunken vom Pflanzengeruch, krümmen ihr Kreuz, kriechen auf dem Bauch, schlagen mit dem Schweif und reiben am Boden ganz behutsam die rechte Wange, die linke Wange, um sie mit dem vielversprechenden Frühlingsaroma zu benetzen – so, wie eine Frau mit parfümfeuchtem Finger jenen geheimen Punkt berührt, unterm Ohr.

Er ist nur ein junger Kater, Sohn eines dieser Gestreiften. Er trägt auf dem Fell die Streifen seiner Rasse, die alten Merkmale des wilden Urahns. Aber das Blut seiner Mutter hat über diese Streifen einen flockigen, bläulichen Langhaarschleier geworfen, hauchfein wie durchsichtige persische Gaze. Er wird also schön, er ist schon jetzt hinreißend, und wir versuchen ihn Kamaralzaman zu nennen – vergeblich, denn Köchin und Hausmädchen, zwei vernünftige Personen, übersetzen Kamaralzaman mit Moumou.

Er ist ein junger Kater, anmutig zu jeder Uhrzeit. Das Papierknäuel interessiert ihn, Fleischgeruch verwandelt ihn in einen winzigen brüllenden Drachen, die Sperlinge fliegen zu schnell, als dass er sie mit den Augen verfolgen könnte, doch er bekommt hinter der Glasscheibe einen kataleptischen Anfall, wenn sie am Fenster picken. Er nuckelt sehr geräuschvoll, weil seine Zähne wachsen ... Er ist ein kleiner Kater, unschuldig inmitten eines Dramas.

Die Tragödie begann eines Tages, als Noire du Voisin – der Name klingt doch nach Landadel? – auf der Mauer zum Nachbargarten den Verlust ihrer am Morgen ertränkten Kinder beklagte. Sie klagte in der entsetzlichen Art aller ihrer Leibesfrucht beraubten Mütter, unaufhörlich, im selben Ton, kaum Atem holend zwischen zwei Schreien, einen Klagelaut nach dem andern ausstoßend. Der ganz kleine Kater Kamaralzaman beobachtete sie von unten. Er hob sein bläuliches Gesicht, seine seifenwassergrünen Augen, geblendet vom Licht, und wagte nicht mehr zu spielen, wegen dieses verzweifelten Schreis ... Noire du Voisin sah ihn und schoss herab wie eine Irre. Sie beschnupperte ihn, erkannte den fremden Geruch, fauchte vor Ekel: »Chhh«, verpasste dem kleinen Kater eine Ohrfeige, beschnupperte ihn noch einmal, leckte ihm die Stirn, wich schaudernd zurück, kam wieder, sagte zärtlich: »Rrrru« – kurzum, zeigte auf alle Fälle ihre Verwirrung. Ihr fehlte die Zeit für eine Entscheidung. Einem Wolkenzipfel gleich, blau wie ein Gewitter, bloß schneller, näherte sich Moune ... An ihren Schmerz erinnert und an die Reviergrenzen, verschwand Noire du Voisin, und ihr nun fernab erklingender Ruf hüllte den ganzen Tag in Trauer ...

Am nächsten Tag kam sie wieder, vorsichtig, berechnend wie ein Tier aus dem Dschungel. Kein Geschrei mehr: stumme Kühnheit und Geduld. Sie wartete auf den Augenblick, da Moune sattgefressen ruhte und der ausgebüxte Kamaralzaman weichpfotig über die runden Gartenkiesel tapste. Sie kam mit milchschwerem Bauch, prallen Zitzen, die aus ihrem schwarzen Vlies leuchteten, mit gedämpftem Gurren, dem geheimnisvollen Lockruf einer Amme … Und während der saugende kleine Kater in rhythmischer Bewegung auf ihr trommelte, sah ich, dass sie die Augen schloss und ihre Nüstern zuckten wie bei einem Menschen, der seine Tränen unterdrückt.

Da erschien die richtige Mutter, das Haar kerzengerade aufgestellt am Rücken. Sie sprang nicht sogleich, sondern sagte etwas in heiserem Ton. Noire du Voisin, aufgeschreckt aus ihrer mütterlichen Illusion, stand da, antwortete nur mit einem langen, leisen Geknurr, fauchte hin und wieder aus ihrem tiefroten Maul. Eine grelle gebieterische Verwünschung Mounes unterbrach sie, und sie tat einen Schritt zurück; doch auch sie zischte noch eine Drohung. Der verstörte kleine Kater lag zwischen ihnen, mit gesträubtem Fell, bläulich wie eine Distelblüte. Ich bewunderte, dass es anstelle der augenblicklichen Rauferei, des kätzischen Kampfgetümmels, bei dem Haarflocken fliegen, eine für mich beinah verständliche Aussprache, Forderung geben konnte. Doch plötzlich, nach einer schrillen Beleidigung von Noire du Voisin, tat Moune einen Sprung, einen Schrei, ein »Ah! Ich ertrag's nicht länger!« und stürzte sich auf ihre Rivalin. Noire gab auf, hechtete zur Linde, krallte sich fest und setzte über die Mauer – und die Mutter leckte ihr Kleines sauber, beschmutzt von der Fremden.

Ein paar Tage vergingen, an denen ich nichts Ungewöhnliches bemerkte. Die ängstliche Moune wachte allzu gut und aß wenig. Fieberheiß, mit trockener Nase lag sie auf einem Marmortischchen, und ihre Milch versiegte allmählich. Dennoch kullerte ein rundlicher Kamaralzaman über den Teppich, genauso breit wie lang. Eines Morgens, als ich neben Moune frühstückte und sie mit gezuckerter Milch und weichen Croissantbröckchen lockte, zuckte sie zusammen, legte die Ohren flach, sprang zu Boden und wollte so dringend hinaus, dass ich ihr folgte. Sie irrte sich nicht: Die schamlose Noire und Kamaralzaman, der eine an der anderen nuckelnd, engumschlungen, glücklich, lagen auf der untersten Stufe, im Schatten, am Ende der Treppe, wo Moune hinstürmte – und wo ich sie aufhob, schlaff, gefühllos, ohnmächtig wie eine Frau …

So verlor die Perserkatze Moune ihre Milch, entsagte ihrer Rechte als Mutter und Amme und bekam ihre streunerische Schwermut, ihre Gleichgültigkeit gegenüber Schlechtwetter und ihren Hass auf schwarze Kätzinnen. Sie verfluchte alles, was ein dunkles Vlies trägt, mit weißem Fleck auf der Brust, und von ihrem Schmerz ist nichts mehr zu sehen in ihrem Gesicht. Nur wenn Kamaralzaman ihr beim Spielen zu nahe kommt, zieht sie ihre Pfoten unter die ausgetrockneten Zitzen, tut, als schlafe sie, und schließt die Augen.

KATZEN

Es wuseln fünf um sie herum, alle fünf vom selben Stamm und gestreift nach dem Ebenbild ihrer Urahnin, der Wildkatze. Eines trägt seine schwarzen Streifen auf zartrosa Grund, gleich den Federn der Turteltaube, ein anderes ist, von den Ohren bis zum Schwanz, nichts als Zebrastreifen in der Farbe von verbranntem Brot auf sehr hellem Kastanienbraun, wie eine Goldlackblüte. Ein drittes wirkt gelb neben dem vierten, das nur aus schwarzsamtenen Gürteln besteht, Halsbändern, Armreifen auf silbergrauem Untergrund von großer Eleganz. Das riesige fünfte jedoch strahlt in seinem fahlroten Pelz mit tausend Ringen. Es hat minzgrüne Augen und die breiten haarigen Wangen eines Tigers.

Sie, mein Gott, sie ist die Schwarze, la Noire. Eine Schwarze wie hundert andere Schwarze, schlank, lackglänzend, weißer Fleck auf der Brust und Augen aus purem Gold. Wir haben sie die Schwarze genannt, weil sie schwarz ist, genauso wie die graue Katze Chatte-Grise heißt und die jüngste der blauen Perserkatzen Jeune-Bleue. Wir haben uns keine Hirnhautentzündung geholt.

Januar, Monat der kätzischen Liebschaften, hüllt die Katzen Auteuils in ihre schönsten Kleider und angelt für unsere drei Katzen an die dreißig Kater. Der Garten füllt sich mit ihrem endlosen Palaver, ihren Kämpfen und ihrem Buchsbaumgeruch. Nur die Schwarze zeigt an ihnen Interesse. Es ist zu früh für Jeune-Bleue und Chatte-Grise, die von oben herab die Verblödung der Männchen beobachten. Die Schwarze benimmt sich zunächst einmal schlecht, geht aber nicht weiter. Im Garten sucht sie lange nach einem abgeschrägten, erst im Vorjahr ausgelichteten Ast, damit sie ihn zuerst als Zahnbürste, dann als Ohrenkratzer, schließlich als Hüftkratzer benutzen kann. Sie reibt sich, schabt sich, gibt alle Zeichen der Zufriedenheit. Dann folgt ein horizontaler Tanz, bei dem sie einen Aal auf dem Trockenen nachahmt. Sie rollt sich, kriecht auf Rücken und Bauch, macht ihr Kleid schmutzig, und mit ihr schleichen die fünf Kater vor und zurück wie ein einziger Kater. Oft hält der prächtige Rangälteste es nicht mehr aus, springt und legt auf die Verführerin eine schwere Pfote … Sogleich fährt die lüsterne Choreographin hoch, ohrfeigt den Unvorsichtigen und kauert dann, Pfoten unterm Bauch versteckt, mit dem sauren und grimmigen Gesicht einer alten Frömmlerin. Umsonst verstellt sich der kräftige gestreifte Kater, denn er will seine Unterwerfung zeigen und der Schwarzen huldigen, fällt auf den Buckel, alle viere in die Luft, schwach und ergeben. Sie verweist ihn ins anonyme Quintett und ohrfeigt ganz gerecht jeden der Gestreiften, wenn er die Etikette missachtet und ihr zu nahe tritt.

Dieses Katzenballett dauert seit heute Morgen unter meinen Fenstern. Kein Schrei, außer dem harten und harmonischen »Rrr...«, das zuweilen in den Kehlen der Kater rollt. Die stumme und laszive Schwarze reizt, züchtigt dann und genießt ihre flüchtige Allmacht. In acht Tagen wird dasselbe Männchen, das vor ihr zittert, das geduldig wartet, Fressen und Trinken vergisst, sie fest im Genick packen ... Bis dahin gibt er klein bei.

Ein sechster Gestreifter ist aufgetaucht. Doch keiner der Kater geruht, ihn als Rivalen ins Auge zu fassen. Fett, samtig, naiv, hat er schon in jungen Jahren jedes Interesse an Liebesspielen verloren, und die tragischen Januarnächte, der Vollmond im Juni sind für ihn längst nicht mehr schicksalhaft. Heute Morgen hat er keine Lust auf Fressen, kein Verlangen nach Schlaf. Er trägt unter der kleinen silbrigen Sonne sein glänzendes Kleid zur Schau, seine arglose Blasiertheit, die ihm seinen Namen eintrug: Beaugarçon, Hübscherkerl. Er schenkt dem hellen Wetter ein Lächeln, den vertrauensseligen Sperlingen. Er schenkt der Schwarzen ein Lächeln, ihrer vibrierenden Eskorte. Er stupst mit schlaffer Pfote eine alte Tulpenzwiebel, die er zugunsten eines runden Kiesels verschmäht. Der Schweif der Schwarzen schlägt und windet sich wie eine entzweigeschnittene Schlange: Er macht einen Satz, fängt ihn, kneift hinein und kriegt ein halbes Dutzend Backpfeifen, hart und krallenbewehrt, sie könnten ihn leicht verunstalten ... Doch Beaugarçon, der seinen Rang als Männchen einbüßte, weiß nichts vom Liebesprotokoll und begnügt sich mit reiner Gerechtigkeit. Unverdienterweise geschlagen, nimmt er sich bloß die Zeit, einmal tief Atem zu holen und einen Schritt rückwärts zu tun, bevor er der Schwarzen eine Tracht Prügel verpasst, dass sie nach Luft schnappt, vor Wut schnaubt und auf die Mauer springt und ihre Schande im Nachbargarten versteckt.

Und als ich, die Tobsucht der Kater fürchtend, schon hinauslaufen wollte und Beaugarçon helfen, da sah ich, dass er langsam den Rückzug antrat, majestätisch und ahnungslos, zwischen den erstarrten, stillen Gestreiften, die zum ersten Mal voller Respekt waren gegenüber dem Eunuchen, denn er hatte gewagt, die Königin zu verprügeln.

DER SCHLAFLOSE

SONNTAG – Die Kinder zeigen heute Morgen komische Gesichter. Diese Gesichter habe ich bei ihnen schon gesehen, damals, als sie auf dem Dachboden eine Aufführung mit Kostümen, Masken, Leintüchern und scheppernden Ketten ihres Dramas *Das Gespenst in der Komturei* vorbereiteten, ein Phantasiegespinst, dem sie eine Woche voll Fieber, nächtlicher Ängste und kreidiger Zungen verdankten, so vergiftet waren sie durch ihre eignen Spukgestalten. Aber das ist eine alte Geschichte. Bertrand ist jetzt achtzehn und plant, wie es sich für sein Alter geziemt, das europäische Finanzsystem zu reformieren; Renaud, mit seinen vierzehn Jahren, hat nichts anderes im Kopf, als Motoren auseinanderzunehmen und wieder zusammenzubauen, und Bel-Gazou stellt mir dieses Jahr Fragen von trostloser Banalität: »Darf ich in Paris demnächst Strümpfe tragen? Darf ich in Paris einen Hut bekommen? Drehst du mir in Paris am Sonntag Löckchen?«

Trotzdem, ich finde sie alle drei merkwürdig, mit ihrem Hang, herumzutuscheln in irgendwelchen Winkeln.

MONTAG – Die Kinder sehen in der Früh nicht gut aus.

»Was ist denn los mit euch, Kinder?«

»Gar nichts, Tante Colette!«, rufen meine Stiefsöhne.

»Gar nichts, Mama!«, ruft Bel-Gazou.

Was für eine Truppe! Hübsch ausgedachte Lüge. Jetzt wird

es ernst. Umso ernster, als ich im Morgennebel folgende Gesprächsfetzen zwischen den zwei Burschen aufgeschnappt habe, hinterm Tennisplatz:

»Alter, er hat nicht aufgehört, von Mitternacht bis drei.«

»Wem sagst du das, Kleiner! Von Mitternacht bis vier, ja! Ich hab kein Auge zugetan. Er machte: ›bum … bum … bum …‹, genau so, langsam … Wie mit nackten Füßen, aber mit schweren, schweren …«

Sie entdeckten mich und kamen angesaust wie zwei Terzel, mit Gelächter, mit roten und weißen Bällen, gekünstelter und geschwätziger Arglosigkeit … Heute werde ich nichts erfahren.

MITTWOCH – Als ich gestern Abend gegen elf durch Bel-Gazous Zimmer ging, um in meines zu gelangen, schlief sie noch nicht. Sie lag auf dem Rücken, die Arme dicht am Körper ausgestreckt, und ihre dunklen Augen bewegten sich unter der Haarfranse. Ein zunehmender warmer Augustmond wiegte sacht den Schatten der Magnolie auf dem Parkett, und das weiße Bett verströmte blaues Licht.

»Du schläfst nicht?«

»Nein, Mama.«

»Woran denkst du, so ganz allein.«

»Ich horche.«

»Und worauf?«

»Auf nichts, Mama.«

Im selben Augenblick hörte ich deutlich das Geräusch eines schweren barfüßigen Schritts im oberen Stock. Der obere Stock ist ein langer Dachboden, wo niemand schläft, wo niemand hinkommt nach Einbruch der Nacht, er führt nur in die Mansarden des ältesten Turms. Die Hand meiner Tochter, die ich festhielt, verkrampfte sich in meiner. Zwei Mäuse huschten spielend und wie Vögel piepsend durchs Gemäuer.

»Hast du jetzt Angst vor Mäusen?«

»Nein, Mama.«

Über uns waren wieder die Schritte zu hören, und ich fragte ungewollt:

»Wer geht denn da oben herum?«

Bel-Gazou gab keine Antwort, und dieses Schweigen war unangenehm.

»Hörst du nichts?«

»Doch, Mama.«

»›Doch, Mama!‹ Ist das alles, was du zu sagen weißt?«

Die Kleine begann plötzlich zu weinen und setzte sich auf in ihrem Bett.

»Ich kann nichts dafür, Mama. *Er* geht jede Nacht so herum …«

»Wer?«

»Der Schritt.«

»Wessen Schritt?«

»Niemandes Schritt.«

»Mein Gott, was sind diese Kinder dumm! Jetzt spielt ihr schon wieder diese Geschichten, du und deine Brüder? Diese Albernheiten brütet ihr aus in irgendwelchen Winkeln? Ich geh da jetzt rauf. Ist ja lächerlich, Schritte am Plafond!«

Auf dem letzten Treppenabsatz summten an den Holzbalken hängende Fliegentrauben wie ein Kaminfeuer, als meine Lampe vorbeistreifte, doch ein Luftzug löschte sie augenblicklich, als ich die Dachbodentür öffnete. Man brauchte aber kein Licht in diesen Mansarden mit den breiten Dachluken, durch die der Mond Milchpfützen warf. Die mitternächtliche Landschaft schimmerte, so weit das Auge reichte, mit silbrigen Buckeln, aschlila Furchen, in den Tiefen der Wiesen benetzt von einem Nebelfluss, wo der Mond sich spiegelte … Ein Käuzchen ahmte im Baum eine Katze nach, und die Katze antwortete … Doch nichts ging herum auf dem Dachboden, unter dem Wald aus sich kreuzenden Balken. Ich wartete eine ganze Weile, ich atmete die kurze nächtliche Kühle, den Geruch von gedroschenem Korn, der im Dachboden schwebt, und ich stieg wieder hinab. Die müde Bel-Gazou schlief.

SAMSTAG – Ich habe alle Nächte gehorcht, seit Mittwoch. Irgendwer geht da oben, mal um Mitternacht, mal gegen drei. Heute Nacht bin ich viermal da hinaufgeklettert und wieder runter, umsonst. Beim Mittagessen erzwinge ich das Vertrauen der Kinder, sie sind sowieso am Ende mit ihrer Heimlichtuerei.

»Meine Lieben, ihr müsst mir helfen, etwas aufzuklären. Das wird bestimmt ungeheuer lustig – selbst für unsern so nüchternen Bertrand. Stellt euch vor, ich höre über Bel-Gazous Zimmer irgendwen gehen, in jeder ...«

Es bricht aus allen gleichzeitig hervor:

»Ich weiß, ich weiß!«, schreit Renaud. »Das ist der Komtur in Rüstung, der schon zu Großvaters Zeit hier spukte, Page hat mir alles erzählt, und ...«

»Unfug!«, lässt Bertrand überheblich fallen. »Die Wahrheit ist, es treten hier vereinzelte oder kollektive halluzinatorische Phänomene auf, seit die Heilige Jungfrau, blau gegürtet und von vier weißen Rössern gezogen, vor Guitras erschien und ihm sagte ...«

»Sie hat gar nichts gesagt!«, kreischt Bel-Gazou. »Sie hat ihm geschrieben!«

»Per Post?«, spottet Renaud. »Kindisch.«

»Und dein Komtur, ist der etwa nicht kindisch?«, sagt Bertrand.

»Pardon«, kontert Renaud hochrot. »Der Komtur gehört zur Familientradition. Deine Heilige Jungfrau ist ein Dorfmärchen, sowas gibt's überall ...«

»Sagt mal, Kinder, reicht's nicht langsam? Darf ich auch etwas sagen? Ich weiß nur eins: Auf dem Dachboden gibt es unerklärliche Schrittgeräusche. In der kommenden Nacht lege ich mich auf die Lauer. Tier oder Mensch, wir werden ja sehen, wer da umhergeht. Wer sich mit mir auf die Lauer legen will … Gut. Angenommen durch Handheben!«

SONNTAG – Schlaflose Nacht. Vollmond. Nichts Besonderes, nur das Schrittgeräusch hinter der angelehnten Dachbodentür, jedoch unterbrochen durch Renaud, der mit einem Heinrich II.-Harnisch und rotem Cowboy-Halstuch ausstaffiert, romanesk schreiend vorgeprescht ist: »Zurück! zurück! …« Wir schimpfen, beschuldigen ihn, er habe »alles verpfuscht«.

»Es ist schon kurios«, bemerkt Bertrand mit erdrückender träumerischer Ironie, »wie sehr das Phantastische die Sinne eines Heranwachsenden erregen kann, selbst wenn er auf englischen Colleges erzogen wurde …«

»Ha! du ahrmer Körl«, setzte meine limousinische Tochter noch eins drauf, »man sagt nicht ›Zurück, zurück!‹, man sagt: ›Ich hau dir gleich eins auf die Rübe! …‹«

DIENSTAG – Wir lagen heute Nacht auf Lauer, die zwei Burschen und ich, Bel-Gazou ließen wir schlafen. Der Vollmond weißte von einem Ende zum andern eine lange Lichtbahn, darauf hatten die Ratten ein paar abgenagte Maiskolben hinterlassen. Wir standen im Dunkel hinter der halboffenen Tür, und wir langweilten uns eine gute halbe Stunde, während wir den Mondweg sich bewegen sahen, schräg werden, ganz unten am sich kreuzenden Gebälk lecken … Renaud umklammerte plötzlich meinen Arm: Am Ende des Dachbodens ging jemand. Eine Ratte nahm Reißaus und kletterte einen Balken hoch, gefolgt von ihrem Schlangenschwanz. Der Schritt kam ganz gleichmäßig näher, und ich umklammerte mit beiden Armen die Nacken der zwei Burschen.

Er kam näher, langsam, mit fest auftretendem dumpfen Geräusch, das widerhallte auf den alten Dielenbrettern. Er betrat nach einer uns endlos dünkenden Zeit den erleuchteten Weg. Er war fast weiß, riesig, der größte Nachtvogel, den ich jemals gesehen habe, ein Uhu, höher als ein Jagdhund. Er marschierte emphatisch einher, seine federnumhüllten Füße hebend, seine harten Vogelfüße, die nach menschlichem Schritt klangen. Der obere Flügelansatz zeichnete ihm Männerschultern, und zwei kleine gefiederte Hörner, die er flachlegte oder aufstellte, zitterten wie Gräser im Lufthauch der Dachluke. Er blieb stehen, plusterte sich, den Kopf nach hinten geworfen, und das ganze Gefieder in seinem herrlichen Gesicht blähte sich um den feinen Schnabel und zwei Goldseen, in denen der Mond badete. Er machte eine scharfe Wendung, zeigte seinen weiß und hellgelb gesprenkelten Rücken. Bestimmt war er alt, einsam und mächtig. Er setzte seinen Parademarsch fort, unterbrach ihn für eine Art Kriegstanz, Kopfschlenker nach rechts, nach links, halbe Kehrtwendungen, die sicher der entwischten Ratte drohten. Er glaubte auf einmal, seine Beute zu riechen, und stieß ein Sesselskelett beiseite, als wäre es ein trockenes Zweiglein. Er tat einen wütenden Satz, fiel wieder auf die Füße, fegte mit aufgefächertem Schwanz über den Boden. Er hatte die Allüren eines Herrschers, die Majestät eines Zauberers …

Wahrscheinlich erriet er unsere Anwesenheit, denn er drehte sich mit erboster Miene in unsere Richtung. Ohne jede Eile ging er zur Dachluke, öffnete halb seine Engelsflügel, ließ ein ganz leises Gurren vernehmen, eine kurze Zauberformel, stützte sich auf die Luft und entschwand in der Nacht, verschmolz mit ihrer Farbe von Silber und Schnee.

DONNERSTAG – Der jüngere Bursche verfasst an seinem Schreibpult einen langen Reisebericht. Titel: *Meine Jagd auf den Uhu im südlichen Afrika*. Der ältere hat auf meinem Arbeitstisch ein paar angefangene »Stanzen« vergessen:

Flügelschlag der Nacht, gewichtiges Bild,
vom Dunkel ins Helle, graue Erscheinung …

Alles ist normal.

DER FRÜHLING IST VORBEI

Der Schnabel einer Gartenschere klappert durch die Rosenalleen. Ein zweiter antwortet aus dem Obstgarten. Bald schon liegt unterm Rosenhain ein Teppich zarter Triebe, an den Spitzen morgenrötlich, grün und saftig am Ende. Im Obstgarten verbrennen die geopferten steifen Ruten der Marillenbäume noch eine Stunde lang ihre Blütenflämmchen, bevor sie sterben, und die Bienen lassen nichts verlorengehen.

Der Hügel dampft von weißen Zwetschkenbäumen, ein jeder körperlos und kugelig wie eine runde Wolke. Morgens um halb sechs, im waagrechten Sonnenstrahl und im Tau, ist das junge Korn von unstrittigem Blau und rot die eisenhaltige Erde und kupferrosa die weißen Zwetschkenbäume. Es dauert nur einen Augenblick, eine feenhafte Lüge aus Licht, die so schnell vergeht wie die erste Stunde des Tags. Alles wächst in göttlicher Eile. Das kleinste Pflanzengeschöpf schießt seine Pfeile senkrecht empor. Die Pfingstrose, blutrot im ersten Monat, sprießt mit solcher Kraft, dass ihre Stiele, ihre kaum entrollten Blätter die oberste Erdkruste durchbohren, sie mitreißen und in die Luft schleudern wie ein geborstenes Dach.

Die Bauern wiegen ihre Köpfe: »Der April beschert uns noch so manche Überraschung …« Sie beugen weise Häupter über diese Närrischkeit, diesen alljährlichen Übermut von Blüten und Blättern. Sie altern, an den Lauf eines störrischen Mündels gekettet, das nichts lernt aus ihrer Erfahrung. Die bestellte Talmulde, noch durchzogen von parallel laufenden Rinnsalen, hebt bereits ihre grünen Ackerfurchen aus der Überschwemmung. Nichts kann den Spargel mehr aufhalten, der seine Maulwurfsbohrung begonnen hat, oder die Fackel der violetten Iris. Der wilde Ausbruch verführt Vogel, Eidechse, Insekt. Grünlinge und Stieglitze, Sperlinge und Buchfinken benehmen sich morgens wie Federvieh, das in Schnaps gequollene Körner frisst. Paradetänze, maßloses Geschrei, Kämpfe um nichts und wieder nichts versammeln und zerstreuen vor unseren Augen, fast zwischen unseren Händen, und auf demselben warmen Stein, Vogelschwärme und graue Eidechsenpaare, und wenn die aufgekratzten Kinder grundlos herumtollen, erhebt sich ein Reigen von Eintagsfliegen, der sie bekrönt …

Alles hastet, und ich bleibe. Bereitet es mir nicht schon mehr Freude, den Frühling mit dem zu vergleichen, was er einmal war, als ihn zu begrüßen? Glückselige Benommenheit, doch ihrer Last allzu bewusst. Aufrichtige, ungewollte Verzückung, doch wie ausgedrückt? »Oh! diese gelben Schlüsselblumen! … Oh! das Seifenkraut! Und da zeigt sich auch schon das Horn der Aronstäbe …« Aber die Schlüsselblume, diese wildwachsende Primel, ist eine ärmliche Blume, und was taugt das feuchte, blasslila Seifenkraut neben dem lodernden Pfirsichbaum? Es taugt etwas durch den Bach, der ihm Wasser schenkte, zwischen meinem zehnten und fünfzehnten Lebensjahr. Die magere Primel mit ihrem langen Stiel und der dürftigen Krone krallt noch immer eine zarte Wurzelfaser in die Wiese, wo ich Hunderte von Primeln pflückte, auf eine Schnur fädelte und dann zu runden Bällen wickelte, zu kühlen Wurfgeschossen, die als grober nasser Kuss auf die Wange klatschten …

Schlüsselblumen pflücken und zu grünlichen Bällen drehen, das lasse ich heute lieber sein. Ich weiß, was ich aufs Spiel setze. Armseliger ländlicher Zauber, halb verflogen, ich kann dich nicht einmal meinem zweiten Ich vererben … »Schau mal, Bel-Gazou, so, und so, hintereinander aufgefädelt, und dann zieht man …« – »Ach, ja!«, sagt Bel-Gazou. »Aber das hüpft nicht einmal, mein Gummiball ist mir lieber …«

Die Gartenscheren klappern mit ihren Schnäbeln in allen Gärten. Sperrt mich in ein dunkles Zimmer, dies Geräusch trägt dennoch die Aprilsonne herein, sie prickelt auf der Haut, heimtückisch wie ein Wein ohne Bouquet. Der Bienengeruch des gestutzten Marillenbaums kommt mit ihr, und eine leise Angst, die Unruhe einer dieser kleinen Krankheiten, die man vor der Adoleszenz hat, die man ausbrütet, die sich eine Weile hinziehen, nachlassen, eines Morgens geheilt sind, eines Abends wiederkommen … Ich war zehn, elf Jahre alt, doch in Gesellschaft meiner Amme, der Köchin im Haus, benahm ich mich noch gern wie ein Säugling. Ein großes Mädchen im Esszimmer, lief ich in die Küche und schleckte dort Essig von den Salatblättern auf Mélies Teller, der getreuen Hündin und weißblonden Sklavin. An einem Aprilmorgen rief ich:

»Komm, Mélie, wir gehen den ›Schnitt‹ vom Marillenbaum einsammeln, Milien ist bei den Spalieren …«

Sie folgte mir, und das junge Hausmädchen Marie-la-Rose, das seinem Namen alle Ehre machte, kam ebenfalls, ohne Aufforderung meinerseits. Milien, der Tagelöhner, war gerade fertig mit seiner Arbeit, ein hübscher Kerl, verschlossen, niemals in Eile, schweigsam …

»Mélie, halt die Schürze auf, damit ich den Schnitt reintun kann …«

Auf Knien sammelte ich die von Blüten gestirnten Marillenzweiglein. Wie zum Spaß rief Mélie »hu!« und stülpte mir ihre Schürze über den Kopf, sackte mich ein, fesselte mich zärtlich. Ich lachte, spielte glücklich das kleine Dummchen. Aber ich schnappte nach Luft und befreite mich so plötzlich, dass Milien und Marie-la-Rose, die sich küssten, keine Zeit hatten auseinanderzufahren, und Mélie konnte ihr Komplizengesicht nicht verbergen …

Geklapper der Gartenscheren, dürres Zwiegespräch unter hartschnäbeligen Vögeln … Sie reden vom Blühen, von verfrühter Sonne, rotverbrannter Stirn, kühlem Schatten, unbewusster Abneigung, kindlichem Vertrauen, das enttäuscht wurde, von Argwohn, traumverlorenem Kummer …

DIE NÄHERIN

»Ihre Tochter ist neun«, sagte eine Freundin zu mir, »und sie kann noch nicht nähen? Sie muss nähen lernen. Und bei Schlechtwetter ist für ein Kind dieses Alters eine Näharbeit besser als irgend so ein Roman.«

»Neun? Und sie näht nicht?«, sagte eine andere Freundin. »Mit acht hat meine Tochter mir dieses Tischtuch bestickt, schauen Sie … Ach! Das ist keine sehr feine Arbeit, aber niedlich ist es trotzdem. Jetzt schneidert sich meine Tochter schon selbst ihre Wäsche … Oh! Ich kann es nicht leiden, wenn jemand bei mir zu Hause Löcher mit Sicherheitsnadeln zusammenheftet.«

Ich habe diese ganze häusliche Weisheit über Bel-Gazou ausgegossen:

»Du bist neun und kannst noch nicht nähen? Du musst nähen lernen«, und so weiter.

Ich habe sogar angefügt, der Wahrheit zum Trotz:

»Mit acht, ich erinnere mich, da habe ich ein Tischtuch bestickt … Ach! Das war keine sehr feine Arbeit, natürlich nicht … Und außerdem, bei Schlechtwetter …«

Sie hat also nähen gelernt. Und obwohl sie – ein sonnengegerbtes nacktes Bein untergeschlagen, den Oberkörper lässig im Badeanzug – mehr einem Schiffsjungen gleicht, der ein Netz flickt, als einem fleißigen kleinen Mädchen, legt sie keinen burschikosen Widerwillen an den Tag. Ihre Hände, pfeifensaftbraun von Sonne und Meer, säumen ohne Sinn und Verstand; der einfache »Heftstich« erinnert, dank ihrer Sorgfalt, an das punktierte Zickzack auf einer Straßenkarte, doch sie meistert elegant den Festonstich und urteilt streng über die Stickerei anderer.

Sie näht und leistet mir freundlich Gesellschaft, während der Regen den Meereshorizont strichelt. Sie näht auch in der Gluthitze, wenn die Spindelbäume unter sich eine runde Schattenkugel zusammenballen. Es kommt auch vor, dass sie sich eine Viertelstunde vorm Abendessen, schwarz in ihrem weißen Kleid – »Bel-Gazou! Deine Hände und dein Kleid sind sauber, vergiss das nicht!« – zeremoniös hinsetzt, mit einem Stück Stoff in den Fingern … Da klatschen meine Freundinnen Beifall:

»Schau nur! So brav! O wie schön! Deine Mama ist bestimmt froh!«

Ihre Mama sagt nichts – große Freuden muss man zügeln. Aber soll man sie heucheln? Ich schreibe die Wahrheit: Es gefällt mir nicht besonders, dass meine Tochter näht.

Wenn sie liest, kommt sie, ganz durcheinander und die Wangen hochrot, zurück von der Insel mit der Truhe voller Edelsteine, vom schwarzen Schloss, auf dem man ein blondes Waisenkind knechtet. Sie atmet ein bewährtes, althergebrachtes Gift, dessen Wirkung seit langem bekannt ist. Wenn sie zeichnet oder Bilder ausmalt, entströmt ihren Lippen ein halb gesprochenes Lied, ununterbrochen wie die Stimme der Bienen, die vom Liguster herweht. Gesumm einer Fliege bei der Arbeit, langsamer Walzer des Anstreichers, Kehrreim der Spinnerin am Rad … Doch Bel-Gazou ist stumm, sobald sie näht. Lange

Zeit stumm, und der geschlossene Mund verbirgt – kleine, feingezackte Klingen im feuchten Inneren einer Frucht – die breiten, ganz neuen Schneidezähne. Sie schweigt, sie … Ich will das Wort hinschreiben, das mir Angst macht: Sie denkt.

Ein neues Übel? Eine Plage, die ich nicht vorhergesehen hatte? Wenn sie, in einer Grasmulde hockend oder halb vergraben im warmen Sand, den Blick übers Meer schweifen lässt, weiß ich genau, dass sie denkt. Sie denkt »sprudelnd«, wenn sie mit gutgespielter Diskretion unvorsichtig über ihren Kopf hinweg ausgetauschten Bemerkungen lauscht. Doch offenbar hat sie ausgerechnet in der Nadelarbeit das Mittel entdeckt, wie sie Stich für Stich, Schlinge für Schlinge einen Weg voll der Gefahren und Versuchungen hinabsteigen kann. Stille … Der mit stählernem Stachel bewaffnete Arm bewegt sich vor und zurück … Nichts hält sie auf, die hemmungslose kleine Forscherin. Wann muss ich »he!« rufen und den Gedankendrang brutal unterbrechen? Ach! Die stickenden jungen Mädchen von einst, in den weiten Rock ihrer Mutter geschmiegt, auf einem harten Schemelchen! Die mütterliche Autorität hielt sie dort jahrelang fest, jahrelang, sie erhoben sich nur, um einen neuen Strang Seidengarn zu holen oder durchzubrennen mit dem Erstbesten … Philomène de Watteville und ihre Kanevasstickerei, bei der sie Untergang und Verzweiflung des Albert Savarus plante …

»Woran denkst du, Bel-Gazou?«

»An nichts, Mama. Ich zähl meine Stiche.«

Stille. Die Nadel piekst … Hinter ihr kriecht eine derbe Kettenstichreihe, ganz und gar schief. Stille.

»Mama?«

»Ja, Liebling?«

»Nur wenn man verheiratet ist, darf ein Mann den Arm um eine Dame legen?«

»Ja … Nein … Kommt drauf an. Wenn sie gute Kameraden

sind, sich schon lange kennen, du verstehst ... Also noch mal: Kommt drauf an. Warum fragst du?«

»Wegen nichts, Mama.«

Zwei, zehn unförmige Kettenstiche.

»Mama! Madame X..., ist die verheiratet?«

»Sie war's. Sie ist geschieden.«

»Hm! Ja ... und Monsieur F..., ist der verheiratet?«

»Ja, also bitte, das weißt du doch.«

»Hm! Ja ... Und es reicht, wenn einer von beiden verheiratet ist?«

»Wozu?«

»Damit's drauf ankommt.«

»Man sagt nicht ›damit's drauf ankommt‹.«

»Aber du hast doch eben gesagt, dass es drauf ankommt?«

»Was kümmert dich das? Interessiert's dich?«

»Nein, Mama.«

Ich frage nicht weiter. Ich fühle mich armselig, ungeschickt, bin nicht zufrieden mit mir. Ich hätte anders antworten müssen: Mir ist nichts eingefallen.

Bel-Gazou fragt auch nicht weiter, sie näht. Sie näht und türmt auf ihre schlampige Handarbeit Bilder, Assoziationen von Namen und Leuten, lauter Ergebnisse geduldiger Beobachtung. Etwas später werden andere Neugierden auftauchen, andere Fragen, andere Verschwiegenheiten. Wäre Bel-Gazou doch nur das staunende und naive Kind, das geradeheraus fragt, mit weit aufgerissenen Augen! ... Aber sie ist zu dicht an der Wahrheit und viel zu natürlich, um nicht von Geburt aus zu wissen, dass die ganze Natur zögert vor dem erhabensten und dunkelsten Instinkt und dass es ratsam ist zu zittern, zu schweigen und zu lügen, wenn man ihm nahekommt.

DIE HOHLE HASELNUSS

Drei Muscheln in der Form von Blütenblättern, weiß, perlmuttglänzend und durchsichtig wie der zartrosa Schnee, der von den Apfelbäumen fällt; zwei Napfschnecken, wie Hüte aus Tonkin, mit strahligen Streifen, Schwarz auf Gelb; eine Art unförmige, knorpelige Kartoffel, leblos, doch sie birgt ein geheimnisvolles Leben und verspritzt, sobald man sie zusammendrückt, einen kristallklaren Salzwasserstrahl – ein abgebrochenes Messer, ein Bleistiftstummel, ein Ring aus blauen Perlen und ein vom Meerwasser aufgeweichtes Heft mit Abziehbildern; ein kleines rosa Taschentuch, sehr schmutzig ... Das ist alles. Bel-Gazou hat ihre linke Tasche geleert. Sie bewundert die perlmutternen Blütenblätter, lässt sie dann fallen und zertritt sie mit ihren Espadrilles. Der Wasserkartoffel, den Napfschnecken und Abziehbildern wird kein milderes Schicksal zuteil. Bel-Gazou behält nur das Messer, den Bleistift und die Perlenschnur, denn die sind zusammen mit dem Taschentuch ständig in Gebrauch.

Die rechte Tasche enthält Zweiglein von jener rötlichen Kalkalge, die ihre Eltern, weiß Gott warum, Lithothamnium nennen, wo man doch einfach Koralle sagen kann. »Aber das ist keine Koralle, Bel-Gazou.« Keine Koralle? Was wissen die schon, die Ärmsten? Zweiglein also von Lithothamnium und eine hohle Haselnuss mit einem Loch, gebohrt vom Wurm auf seiner Flucht. Im Umkreis von drei Kilometern gibt es an der Küste keinen einzigen Haselnussstrauch. Die am Strand gefundene hohle Haselnuss kam auf einer Welle geschwommen, von wo? »Von der anderen Seite der Welt«, behauptet Bel-Gazou. »Und sie ist alt, wisst ihr. Das sieht man am seltenen Holz. Das ist eine Haselnuss aus Rosenholz, wie der kleine Schreibtisch von Mama.«

Die Haselnuss ans Ohr gepresst, lauscht sie. »Da drinnen singt's. Es sagt: hu-hu-hu ...«

Sie lauscht, mit halboffenem Mund, hochgezogenen Brauen, die ihre glatte Stirnfranse berühren. So, starr und wie stillgestellt durch Konzentration, ist sie fast alterslos. Sie blickt, ohne ihn zu sehen, auf den vertrauten Horizont ihrer Ferien. Aus der Mauernische einer verfallenen Strohhütte, die früher dem Zoll diente, überschaut Bel-Gazou rechts die Pointe-du-Nez, gelb von Flechten, mit dem violetten Streifen der Miesmuschelbank, die bei Ebbe auftaucht; in der Mitte ein Zipfel Meer von metallischem Blau, wie das Blatt einer Axt ins Land gehauen. Links eine wuchernde Ligusterhecke in voller Blüte, deren schwerer, allzu süßer Mandelduft den Wind erfüllt und die abgeerntet wird von wahnwitzigen Bienenfüßchen. Die trockene Meerwiese zieht sich hinauf bis zur Hütte, und ihr Gefälle verdeckt den Strand, wo Eltern und Freunde faul im Sand liegen und braten. Gleich nachher wird die ganze Familie Bel-Gazou fragen: »Wo warst du denn? Warum bist du nicht an den Strand gekommen?« Bel-Gazou hält nichts von dieser Besessenheit für kleine Buchten. Warum Strand und immer nur Strand? Die Hütte steht diesem faden Sand in nichts nach, das feuchte Wäldchen gibt es, und das trübe Wasser im Becken des Waschhauses, und das Kleefeld ebenso wie den Schatten unterm Feigenbaum. Die Erwachsenen sind so, ständig müsste man ihnen alles erklären – vergebens. Mit der hohlen Haselnuss ist es nicht anders: »Was machst du mit dieser alten Haselnuss?« Besser, man hält den Mund und versteckt die Haselnuss einmal im Hosensack, einmal in einer leeren Vase oder in einem verknoteten Taschentuch, denn ein unvorhersehbarer Augenblick könnte sie all ihrer Kräfte berauben, vorläufig jedoch singt sie an Bel-Gazous Ohr jenen Gesang, der sie reglos dastehen lässt, wie angewurzelt …

»Ich sehe! Ich sehe das Lied! Es ist so fein wie ein Haar, es ist so fein wie ein Grashalm! …«

Nächstes Jahr ist Bel-Gazou über neun Jahre alt. Sie verkündet dann nicht mehr beseelt jene Wahrheiten, die ihre Erzieher verblüffen. Jeder Tag entfernt sie von ihrem ersten Leben, das reich ist, scharfsinnig, jederzeit misstrauisch und das voller Verachtung herabsieht auf Erfahrung, gute Ratschläge, routinierte Vernunft. Nächstes Jahr wird sie zurückkehren zu Sand, Salzbutter und perlendem Cidre. Sie wird ihre lumpige Strohhütte wiederfinden, und ihre Stadtfüße werden hier ihre natürliche, langsam auf Feuerstein und Grasstoppeln wachsende Hornhautsohle anziehen. Vielleicht aber findet sie ihre kindliche Schlauheit nicht wieder und die Überlegenheit ihrer Sinne, die einen Duft auf der Zunge schmecken, eine Farbe ertasten und alles mögliche sehen – »fein wie ein Haar, fein wie ein Grashalm« –, sogar die Linie eines imaginären Gesangs …

Elisabeth Edl

VOM VERGNÜGEN, DURCH DIE EIGENE ERINNERUNG ZU SPAZIEREN

Colette ist unser größter Schriftsteller.
Paul Claudel (1929)

Eine Skandalfigur zu Beginn des Jahrhunderts und bei ihrem Tod 1954 die allseits verehrte *grande dame* der französischen Literatur. So weit der Mythos. Doch wer ist Colette in den frühen 1920er Jahren, als sie *Claudines Elternhaus* schreibt? Eine bekannte Journalistin, Kolumnistin in angesehenen Zeitungen, Schauspielerin und vor allem eine Schriftstellerin, die eine ganz erstaunliche Karriere gemacht hat. 1920 erscheint ihr Roman *Chéri*, Meisterwerk und Höhepunkt ihres bisherigen Schaffens, zu dem zahlreiche Kollegen die Autorin beglückwünschen, auch solche, die bisher nicht zu den Freunden oder Bewunderern zählen. So schreibt der nur wenig ältere André Gide, gewichtige Instanz im Pariser Literaturbetrieb, am 11. Dezember 1920: »Ein Lob, das Sie wohl kaum erwartet haben, ist, so möchte ich wetten, das meine … Ich selbst bin ganz erstaunt, Ihnen zu schreiben, ganz erstaunt über das so große Vergnügen, das ich empfunden habe, während ich Sie las. Ich habe *Chéri* in einem Atemzug verschlungen.« Marcel Proust dagegen hatte bereits 1919 überschwänglich auf ihren Roman *Mitsou* reagiert, mit einem inzwischen berühmten Brief (»Ich habe ein wenig geweint heute Abend …«), und darum schickt Colette dem hochgeschätzten und nun schon sehr kranken Kollegen, der mit *Auf der Suche nach der verlorenen Zeit* allmählich Furore macht, im Juni 1920 einen Fahnenabzug von *Chéri*. Proust antwortet postwendend mit dem ihm eigenen Charme: »Sie erhalten noch einen Brief zu *Chéri*, das gewiss tausendmal besser ist als meine Bücher. Kurzum, es bereitet mir so großes Vergnügen, in ihrem Gehirn umherzuspazieren, dass ich im Grunde nicht böse bin, wenn Sie sich in meinem nicht allzu sehr langweilen.« Und er verspricht, sich demnächst mit dem ersten Band von *Guermantes* zu revanchieren.

»1925 war Colettes Ruf endgültig etabliert. Sie steht in der ersten Reihe der französischen Schriftsteller. Sie ist nicht mehr Willys Frau, sie ist nicht mehr die, die einmal halbnackt auftrat, sie ist nicht mehr die Baronin von Jouvenel, sie ist Colette«, schreiben Claude Pichois und Alain Brunet in ihrer großen Colette-Biographie von 1999 und zeichnen damit schon fast einen Lebenslauf im Zeitraffer. Auch wenn Colettes Bücher von Anfang an durch das eigene Leben geprägt waren, beginnt nun in den zwanziger Jahren eine noch stärkere Hinwendung zum dezidiert autobiographischen Schreiben, und mit *La Maison de Claudine / Claudines Elternhaus* (1922), *Sido* (1930) und *La Naissance du jour / Tagesanbruch* (1928) entstehen einige ihrer schönsten Bücher.

Geboren wird Sidonie Gabrielle Colette am 28. Januar 1873 in Saint-Sauveur-en-Puisaye, ein Dorf im Departement Yonne, ein abgelegener Landstrich des Burgund, dessen Dialekt mit seinem gerollten R ihr zeitlebens anzuhören sein wird. Sie ist das jüngste von vier Kindern; Juliette und Achille stammen aus der ersten, desaströsen Ehe ihrer Mutter Sidonie Landoy mit Jules Robineau-Duclos; Léopold dagegen hat den gleichen Vater wie sie selbst: Jules Colette, ehemaliger Hauptmann der Zuaven, der am 8. Juni 1859 in der Schlacht bei Melegnano ein Bein verlor und als Kriegsinvalide 1860 mit einem Posten als Steuereinnehmer in Saint-Sauveur entschädigt wurde. Böse Zungen behaupteten nach dem Tod von Robineau-Duclos und der raschen Wiederverheiratung 1865, der 1863 geborene Achille sei in Wirklichkeit bereits Sohn von Jules Colette. Alle diese Personen sind auch Hauptfiguren einiger Bücher Colettes, allen voran die Mutter »Sido«, erhoben zu einer quasi mythologischen Gestalt. Immer wieder streut die Schriftstellerin Briefe der Mutter in die Erzählung, um deren Freigeistigkeit, Spottlust und eigenwilligen Charakter zu zeigen, aber ebenso ihre Naturverbundenheit, botanischen Kenntnisse und Tierliebe – lauter Eigenschaften, die sie an die Tochter vererben wird.

Auch von der glücklichen Kindheit der damals noch Gabri oder Minet-Chéri genannten kleinen Gabrielle in einer unkonventionellen Familie legen diese Bücher Zeugnis ab. Ein schmerzliches Ende findet das unbeschwerte Leben im alten Haus mit dem großen Zaubergarten durch den erzwungenen Wegzug aus Saint-Sauveur im Jahr 1891: Der Hauptmann hat sich als miserabler Verwalter des Erbes seiner Frau erwiesen, hinzu kommt noch familiärer Zwist, denn Juliette hat inzwischen geheiratet und erhebt Anspruch auf ihren Anteil an der Hinterlassenschaft ihres Vaters Jules Robineau-Duclos. Und so zieht die Restfamilie nach Châtillon-Coligny im Nachbardepartement Loiret, wo Achille inzwischen als Arzt arbeitet. Bald wird auch Gabrielle die Eltern verlassen, denn 1889 hat sie während einer Reise nach Paris den vierzehn Jahre älteren Henri Gauthier-Villars, Künstlername »Willy«, kennengelernt, den sie schließlich am 15. Mai 1893 in Châtillon-Coligny heiratet. Gauthier-Villars ist Journalist, Musikkritiker, Verleger, Schriftsteller, vor allem aber eine schillernde Figur des Pariser Künstlermilieus, und er betreibt eine Art Werkstatt, in der eine Reihe junger Autoren schreibt, Ideen liefert und ganze Bücher, die er überarbeitet und unter dem Namen Willy publiziert.

Die ersten Pariser Jahre sind harte Lehrjahre: Auch wenn

das Naturkind Gabrielle Colette rasch zu Madame Colette Willy mutiert – kuriose Montage aus ihrem Geburts- und seinem Künstlernamen – und ein modernes Großstadtleben führt, so erweist sich der Ehemann rasch ganz traditionskonform als untreuer Geselle. »Trotzdem sage ich mir oft, was Du dir insgeheim auch sagst«, wird Sido nach Colettes Scheidung 1910 der Tochter erklären, »hättest Du nicht eine Zeitlang mit diesem Phänomen zusammengelebt, Dein Talent wäre nie zutage getreten.« Denn um die junge Frau abzulenken und aus dem Trübsinn zu reißen, in den seine Eskapaden sie gestürzt haben, setzt er sie an den Schreibtisch. In *Mes Apprentissages / Meine Lehrjahre*, 1936 erschienen, also fünf Jahre nach Willys Tod, resümiert Colette ihre Anfänge im Leben: »Sie sollten«, so zitiert sie ihn, »Erinnerungen aus der Grundschule aufs Papier werfen. Haben Sie keine Angst vor pikanten Details, vielleicht kann ich etwas daraus machen …« Doch zunächst findet Willy das Abgelieferte unbrauchbar. Erst im Herbst 1899 fallen ihm beim Aufräumen die vollgeschriebenen Hefte wieder in die Hände: »›Verdammt nochmal!‹, brummte er, ›was bin ich für ein A …‹ Er raffte die Hefte irgendwie zusammen, schnappte sich seinen flachkrempigen Hut und rannte zu einem Verleger … Ja, und so wurde ich Schriftstellerin.«

Ein neuer, frecher Ton, eine wagemutige und bildreiche Sprache, eine vom Alltagsfranzösisch beeinflusste, aber dennoch in einer langen literarischen Tradition stehende Erzählweise – das entdeckt und fördert Willy, indem er fortan sparsam lobt und reichlich tadelt, spöttische Rügen an die Manuskriptränder kritzelt und die bisweilen allzu verträumte, saumselige Schreiberin an regelmäßiges Arbeiten gewöhnt: »Was für eine Werkstatt, so ein Gefängnis! Ich weiß, wovon ich rede: ein richtiges Gefängnis, mitsamt dem Geräusch des im Schloss herumgedrehten Schlüssels, und nach vier Stunden die wiedererlangte Freiheit«, berichtet Colette in *Meine Lehrjahre*. Willy bereichert das Geschriebene nicht nur mit »pikanten Details«, sondern erfindet mitunter auch zusätzliche Figuren, allen voran den lasterhaften, großmäuligen, dicken Maugis, ein skurriles Selbstporträt, das offenbar seiner narzisstischen Eitelkeit und stetig wachsenden Megalomanie schmeichelt.

Zwischen 1900 und 1903 erscheinen die vier Claudine-Romane: *Claudine à l'école, Claudine à Paris, Claudine en ménage* und *Claudine s'en va*, die stark autobiographisch grundierte Geschichte eines Landmädchens, zunächst in Schule und dörflichem Leben, dann in Paris, in der Ehe und schließlich auf dem Weg in die Freiheit. Als Autor zeichnet einzig und allein Willy – die Bücher werden ein Riesenerfolg; ab 1902 entsteht durch die Bühnenfassung mit der Schauspielerin Polaire eine wahre Claudine-Mode, ja eine regelrechte Claudine-Industrie mitsamt Postkarten, Kleidern, Hüten, Krawatten, Haarschleifen, Parfüms und nicht zuletzt dem berühmten Claudine-Kragen. Davon profitieren wiederum die Buchverkäufe, und die Claudine-Manie erreicht ihren Höhepunkt, als Colette auf Anraten ihres cleveren Ehemanns das lange Haar abschneidet – ihren bis zu den Fersen hinabreichenden Zopf – und sich einen wuscheligen Bubikopf zulegt wie Polaire: Nun kann Willy mit seinen »twins« durch Paris spazieren, mit zwei quicklebendigen Claudines, und Colette verschmilzt immer mehr mit der von ihr geschaffenen Figur. Doch während Willy mit Theaterstücken, Operetten, Bilderbüchern und vielen weiteren Zweit- und Drittverwertungen sein literarisches und mehr noch sein Reklame- und Geschäftstalent unter Beweis stellt, wird die Ehe immer brüchiger.

1904 erscheint zwar das erste Buch unter dem Namen Colette Willy: *Dialogues de bêtes / Sieben Tierdialoge* – ein großer Schritt in Richtung Selbständigkeit und Unabhängigkeit, doch es wird noch fast zwanzig Jahre dauern, bis der Zusatz »Willy« endgültig verschwindet und »Colette« sich als alleiniger Schriftstellername behauptet. Dazwischen liegen die Trennung von Willy 1906, die Scheidung 1910, Unterricht in Pantomime, Theaterauftritte als Faun, Katze oder ägyptische Mumie, Tourneen, Liebschaften mit Frauen, eine längere Beziehung zu Mathilde de Morny, genannt Missy, journalistische Arbeiten, Vortrags- und Lesereisen, der Tod des Vaters 1905, der Selbstmord der Schwester Juliette 1908, der Tod der Mutter im Herbst 1912 und des Bruders Achille ein gutes Jahr später, eine zweite Ehe 1912 mit dem Baron Henry de Jouvenel, Chefredakteur der Tageszeitung *Le Matin*, später Diplomat und Politiker, die Geburt einer Tochter im Sommer 1913, der Erste Weltkrieg mit Reisen nach Verdun und Arbeit im Lazarett – und vor allem eine stattliche Reihe regelmäßig publizierter Bücher.

Den Sommer 1921 verbringt Colette wie gewöhnlich mit Freunden und Kindern in Rozven, ihrem bretonischen Sommerhaus; anschließend unternimmt sie im Herbst mit ihrem achtzehnjährigen Stiefsohn Bertrand de Jouvenel eine Reise ins heimatliche Saint-Sauveur, wohin sie während der vergangenen dreißig Jahre nur selten zurückgekehrt ist. »Colette erzählte mir von ihrer Kindheit, und ich fragte sie, warum sie mir nicht zeigen wollte, was sie geliebt hatte.« So erinnert sich Bertrand de Jouvenel sechzig Jahre später an jene Zeit, in einem sehr persönlichen Beitrag für den zweiten Band der Pléiade-Ausgabe von Colettes Werken. »Und im Herbst fuhren wir gemeinsam nach Saint-Sauveur-en-Puisaye, an den Ort ihrer Kindheit. Ich glaube, es war meiner Hartnäckigkeit zu verdanken, dass sie dieses Buch schrieb: *La Maison de Claudine*, 1922.«

Was für ein Buch ist *Claudines Elternhaus*? Der unscheinbare Titel verlangt einen genaueren Blick, denn der Name »Claudine« kommt in den einzelnen Episoden überhaupt nicht vor.

Hier geschieht etwas literarisch ganz Ungewöhnliches, wohl Einzigartiges, was erst viel später Schule machen wird: Die Autorin »Colette« spricht in der Ich-Form ohne Verkleidung von sich selbst, doch sie identifiziert ihr autobiographisches Ich rückwirkend mit der fiktiven »Claudine« der frühen Romane – und kann sich zugleich die eigene Vergangenheit wiederaneignen. Ein modernes Vexierspiel zwischen Dichtung und Wahrheit, das keine eindeutige Auflösung zulässt! Nur einige Geschichten am Ende des Bandes spielen in der unmittelbaren Gegenwart der Niederschrift, also 1921/22, alle anderen in ferngerückter Vergangenheit. Und in diesen Kapiteln begegnet man Figuren, die aus den Claudine-Romanen bekannt sind, diesmal aber mit richtigen Namen und ohne romaneske Verwandlung. Man könnte sagen, Colette erzählt sich noch einmal ihre Kindheit, spaziert durch ihre Erinnerungen, was sie auch in fortgeschrittenem Alter zuweilen mit ihrem Bruder Léo tat, dem einst so vielversprechenden Musiktalent und später liebenswerten Versager.

»Die Versuchung durch die Vergangenheit ist bei mir stärker als der Wunsch, die Zukunft zu kennen«, heißt es in der Erzählung »La lune de pluie / Regenmond« von 1939, denn »außer dem Menschen, der ich war, enthüllt sie mir, wer ich hätte sein wollen.« Zum Spiel mit dem erzählenden »Ich« kommt immer auch das Spiel mit Erinnerung und Phantasie, mit willentlicher und unwillkürlicher Erinnerung, ganz im Einklang mit Marcel Proust, für den das eine »vor allem eine Erinnerung des Verstandes und der Augen« war, während das andere für ihn eintrat, »wenn ein Geruch, ein Geschmack, unter ganz anderen Bedingungen wiedergefunden, in uns ungewollt die Vergangenheit erwecken«. Die Vergangenheit, die verlorene Zeit zu erwecken, das gelingt Colette vor allem andern durch ihre Sprachkraft, ihre Sprachmagie, ihren auf den ersten Blick so ungezwungenen, doch stets hochliterarischen, fein gearbeiteten Ton.

Als diese große Stilistin bleibt sie für das deutschsprachige Publikum noch zu entdecken, in Frankreich aber ist sie bis heute nicht nur eine vielgelesene Romanautorin, sondern ein *monstre sacré* mit Klassikerrang und vierbändiger, kommentierter Gesamtausgabe in der maßgeblichen Bibliothèque de la Pléiade. Seit Mitte der 1920er Jahre ist sie eine unbestrittene Größe in der französischen Literatur, wird geliebt, verehrt und mit Auszeichnungen bedacht: Ehrenlegion, Aufnahme in die belgische Akademie, Wahl in die Académie Goncourt und vieles mehr. Nur eine einzige Institution beharrt darauf, in der alten Colette weiter das *enfant terrible* der Frühzeit zu sehen: Als Colette am 3. August 1954 stirbt, verweigert die katholische Kirche der zweimal Geschiedenen ein religiöses Begräbnis. Empört veröffentlicht der britische Schriftsteller Graham Greene, ein gläubiger Katholik, in *Le Figaro* vom 14. August einen offenen Brief an den Kardinal-Erzbischof von Paris und fragt, ob drei Ehen wirklich eine so unverzeihliche Schuld seien: »Das Leben von einigen unserer Heiligen bietet schlimmere Beispiele.« Stattdessen bekommt sie als erste Frau in Frankreich ein Staatsbegräbnis; eine Ehre wie vor ihr nur die größten Kollegen, Victor Hugo oder Paul Valéry. Der Katafalk steht im Garten des Palais-Royal, unterhalb jener Wohnung, in der sie seit 1938 gelebt hat, umsorgt von ihrem dritten Ehemann Maurice Goudeket.

In den letzten Jahren konnte sie ihr Domizil kaum noch verlassen, geplagt von einer schmerzhaften Hüftarthrose. Sie schrieb, begleitete die Arbeit an Bühnen- und Filmfassungen ihrer Bücher und empfing in ihrem am Fenster stehenden »lit-radeau«, ihrem Bettfloß, zahlreiche Besucher, darunter alte Freunde wie Jean Cocteau und Jean Marais, Francis Carco oder Maria Casarès. Julien Green berichtet am 4./5. Dezember 1951 in seinem Tagebuch: »Colette in ihrem kleinen roten Salon im Palais-Royal besucht. Sie hatte mir geschrieben: ›Wäre ich Julien

Green, ich würde Colette besuchen.‹« Wer könnte einer solchen Einladung widerstehen? »Auf dem langen Tisch, der eine Brücke schlägt über ihr Bett, ein großes Durcheinander von Briefen, auf die es keine Antwort geben wird, sagt sie mir. Sie fischt aufs Geratewohl einen heraus und flüstert: ›Wer ist der Schuft, der von meiner *langen Erfahrung* spricht?‹«

ANMERKUNGEN

5 *Kinder, wo seid ihr?*: Der Schriftsteller Paul Claudel (1868–1955) vergleicht Anfang 1929 in seinem Tagebuch diesen Satz bewundernd mit dem *Adam ubi es?* / Adam, wo bist du? in der Genesis (1. Mose 3,9). – Das Haus der Familie Colette lag in der Rue de l'Hospice, heute Rue Colette, in Saint-Sauveur-en-Puisaye (Yonne).

10 *Zwei ruhen im Grab*: Juliette (14. August 1860–9. September 1908) und Achille (27. Januar 1863–31. Dezember 1913); der 1866 geborene Léopold starb am 7. März 1940. In der Erzählung »Le Sieur Binard« aus dem Band *Bella-Vista* (1937) berichtet Colette, sie habe dereinst ihren Bruder Achille auf seinen Arztbesuchen begleitet: »Ich war fünfzehn, sechzehn, ein Alter großer Opferbereitschaft, ein Alter für Berufungen. Ich wollte Ärztin werden. Für eine aufgeplatzte Lippe, einen tiefen, blutenden Schnitt rief mein Bruder nach mir, suchte Hilfe bei meinen feinen Mädchenfingern, und ich übte mich darin, die Fäden der Nähte zu verknoten, während das Blut wild aus den Adern spritzte.« (Colette: *Œuvres*, Paris: Gallimard 1991, Bd. III, S. 1210)

– *Der Wilde*: Der 1814 geborene Jules Robineau-Duclos heiratete am 15. Jänner 1857 die einundzwanzigjährige Sidonie Landoy. Nach verschiedenen Überlieferungen war er viel hässlicher, als Colette ihn hier beschreibt; seine Eltern waren weder Landjunker noch Glasfabrikanten, sondern Grundbesitzer. Er starb, wohl aufgrund seines schweren Alkoholismus, am 30. Januar 1865; seine Witwe heiratete am 20. Dezember desselben Jahres Jules Colette (26. September 1829–17. September 1905). Zu Sidonie Landoys Familie siehe Anm. zu S. 56.

22 *Viktoria*: Leichte, vierrädrige Kutsche mit beweglichem Verdeck.

23 *Moutiers*: Ein Weiler mitsamt Teich, der zu Saint-Sauveur gehört und ein Stückchen westwärts liegt.

28 *Woran denkst du, Bel-Gazou?*: Bel-Gazou ist Colette de Jouvenel (3. Juli 1913–16. September 1981), Colettes Tochter aus der Ehe mit Henry de Jouvenel (5. April 1876–5. Oktober 1935). – In *Sido* antwortet Colettes Mutter auf das »An nichts, Mama« ihrer Tochter: »Ich glaub dir nicht, aber es ist sehr gut gespielt. Wirklich sehr gut, liebe Tochter. Du bist ein Wunder an Freundlichkeit und Langeweile!« (*Œuvres*, Bd. III, S. 512); siehe dazu auch S. 151.

32 *Littré, Larousse und Becquerel*: Wörterbücher; mit Becquerel meint Colette das *Dictionnaire national* (1946) des Grammatikers und Lexikographen

Louis-Nicolas Bescherelle. D'Orbigny ist das *Dictionnaire universel d'histoire naturelle* (1839–1849) von Charles Desalines d'Orbigny in 24 Bänden. Von Camille Flammarion stammte eine reich bebilderte *Astronomie populaire* (1880), und dem Geographen Élisée Reclus verdankten sich *La Terre, description des phénomènes de la vie du globe* (1867–1868) sowie erste Bände einer *Géographie universelle* (1875–1894).

– *trotz Gavroche*: Der elfjährige Straßenjunge Gavroche ist die sympathische Identifikationsfigur in Victor Hugos Roman *Die Elenden* (1862).

33 *die Musketiere*: André Gide schreibt am 11. Februar 1941 in sein Tagebuch: »Nach *Bella-Vista*, erst vor kurzem, nehme ich *Claudines Elternhaus* zur Hand, das ich noch nicht kannte; es freut mich, dort zu lesen: ›Weder die brüderliche Begeisterung noch das tadelnde Staunen meiner Eltern bewirkten, dass ich mich für die Musketiere interessierte.‹ Ja, ich bin glücklich, nicht der Einzige zu sein, der sich nicht in Dumas Père vernarren konnte, wenn mein Kumpan beim Sich-Langweilen Colette ist.«

– *die Prinzessin auf ihrem Wagen*: Diese Prinzessin stammt aus dem Märchen »Peau d'âne« (Charles Perrault), die weiße Hindin aus »La Biche au bois« (Madame d'Aulnoy) und die Schöne aus »La Belle et la Bête« (Madame Leprince de Beaumont).

– *Walter Crane*: Neben dem großen Gustave Doré (1832–1883) ein anderer berühmter Illustrator; der Engländer Crane (1845–1915) hat u. a. »Die Schöne und das Biest« bebildert.

– *Guizot*: Der Politiker François Guizot (1787–1874) hat eine stattliche Reihe gewichtiger historischer Werke verfasst; die *Reise des Anacharsis* (1778) stammt von Abbé Barthélemy; die neunzehnbändige *Geschichte des Konsulats und Kaiserreichs* (1845–1862) verdankt sich dem Politiker Adolphe Thiers.

34 *zwanzig Bände Saint-Simon*: Die Memoiren des Herzogs von Saint-Simon (1675–1755) in der Ausgabe von Émile de La Bédollière (1856) oder Adolphe Cheruel (1856–1858), beide zwanzigbändig.

36 *wie bei Ohnet*: *Le Maître des forges / Der Meister der Schmieden* (1882) von Georges Ohnet. Émile Zolas Roman mit der detailgenauen, zwanzigseitigen Geburtsszene ist *La Joie de vivre / Die Freude am Leben* (1884). Die einzelnen Bände der *Rougon-Maquart* erschienen seit 1871 bei Charpentier in gelben Einbänden.

38 *strebte mein Vater in die Politik*: Jules Colette war seit 1860 Steuereinnehmer in Saint-Sauveur, 1880 ging er wegen seiner politischen Ambitionen in den Ruhestand und kandidierte bei den Wahlen zum Conseil général des Departements Yonne.

46 *Doch mit sechzehn*: Diese Paris-Reise dürfte im Sommer 1889 stattgefunden

haben, nachdem Colette ihr »brevet élémentaire«, also den Schulabschluss gemacht hatte. Während dieser Reise lernte sie Henri Gauthier-Villars (Willy) kennen.

49 *Pellissons Spinne*: Der Anwalt und Literat Paul Pellisson (1624–1693) soll während seiner Inhaftierung in der Bastille 1661–1666 eine Spinne so gut gezähmt haben, dass sie beim Klang eines Dudelsacks vom Kerkerfenster herabschwebte, um sich eine bereitgelegte Fliege zu holen.

51 *Mein Bruder legte den Kopf in den Nacken*: Léopold Colette (22. Oktober 1866–7. März 1940) wird zeit seines Lebens eine etwas schrullige Figur bleiben. Maurice Goudeket, Colettes dritter Ehemann, zeichnet in seinem Erinnerungsbuch ein liebenswertes Porträt von ihm: »Er mochte nur Briefmarken, Billard, klassische Musik und Statistik. Von irgendeinem Liebesverhältnis ist nichts bekannt.« Léo habe aus freien Stücken ein bescheidenes Dasein als Notariatskanzlist in Paris geführt und fünfzig Jahre lang dasselbe Zimmer in einem sechsten Stockwerk bewohnt. Seine Schwester habe er von Zeit zu Zeit besucht, dann schwelgten beide in Kindheitserinnerungen (Maurice Goudeket: *Près de Colette*. Paris: Flammarion 1956, S. 32 f.).

56 *Mutter, die ich leider nicht gekannt habe*: Sidonie Landoy kam am 12. August 1835 in Paris zur Welt, ihre Mutter starb wenige Wochen nach der Geburt, und das Kind wurde von einer Amme in einem Weiler zwischen Mézilles und Saint-Sauveur großgezogen. Später wuchs Sidonie bei ihren Brüdern Eugène und Paul in Belgien auf, die neunzehn bzw. zwölf Jahre älter waren; Irma war nur ein Jahr älter als sie.

65 *die zähe Abneigung gegen langes Haar*: Erst im Herbst 1902 legte sich Colette eine kecke Kurzhaarfrisur zu: »Um ehrlich zu sein, ich wünschte mir nichts sehnlicher, als meinen unbequemen langen Haarstrick, der sich von mir ernährte, fallen zu sehen. Nachdem die Schere ihre Arbeit getan hatte, empfand ich eine Freude, die mir nur durch einen Brief Sidos vergällt wurde. Sie tadelte meine Handlung mit seltsam harten Worten: ›Dein Haar gehörte Dir nicht, es war mein Werk, das Werk von zwanzig Jahren Pflege. Du hast über ein wertvolles Gut verfügt, das ich Dir anvertraut hatte …‹«, so schildert sie den Befreiungsakt über dreißig Jahre später in *Mes apprentissages / Meine Lehrjahre* (*Œuvres*, Bd. III, S. 1049 f.). Ein Vergleich mit Sidos tatsächlichem Brief vom 30. Dezember 1911 (veröffentlicht noch zu Lebzeiten Colettes in *Le Figaro littéraire* vom 24. Januar 1953) zeigt, wie die Schriftstellerin autobiographisches Material in Literatur verwandelte: »Es hat mir großen Kummer bereitet, dass Du mein in zwanzig Jahren geschaffenes Meisterwerk zerstört hast.«

68 *Ballkärtchen aus Perlmutt*: Doppelte Täfelchen, oft auch aus Elfenbein,

verziert mit kleinen Schnitzereien und einem Verschluss, im Inneren steckten Blätter aus Pergament oder Papier für Vormerkungen, an welchen Kavalier die nächsten Tänze vergeben waren.

– *Madame Saint-Alban*: Ihr Haus lag an der Ecke Rue de la Roche / Rue de l'Hospice, in *Sido* trägt sie ihren richtigen Namen: Adrienne Saint-Aubin. Dort berichtet Colette auch von der Eifersucht ihrer Mutter, wenn sie als Kind zu lange bei der Nachbarin blieb (*Œuvres*, Bd. III, S. 513–515); siehe auch »Meine Mutter und die Moral«, S. 106–110.

– *Was liest du*: Juliette liest Alphonse Daudet (*Fromont junior und Risler senior*), Stendhal (*Die Kartause von Parma*), Alexandre Dumas Père (*Der Vicomte de Bragelonne*), Octave Feuillet (*Graf Camors*), Oliver Goldsmith (*Der Pfarrer von Wakefield*), Prosper Mérimée (*Die Bartholomäusnacht*), Émile Zola (*Die Erde*), Alfred de Musset (*Lorenzaccio*), Catulle Mendès (*Pariser Ungeheuer, Grande-Maguet*) und Victor Hugo (*Die Elenden*).

70 *Catulle Mendès*: (1841–1909), ein Dichter aus der Gruppe der Parnassiens, Dramatiker, Romancier und vor allem angesehener Theaterkritiker in der Zeit, als Colette ihn während ihrer frühen Pariser Jahre kennen und schätzen lernte. In *Meine Lehrjahre* berichtet sie, eines Tages habe er plötzlich gesagt: »Der Verfasser der *Claudines*, das sind doch Sie …« und hinzugefügt: »In zwanzig, dreißig Jahren wird man das wissen. Dann werden Sie sehen, was es heißt, in der Literatur einen Typus erschaffen zu haben.« (*Œuvres*, Bd. III, S. 1013). – Octave Feuillet (1821–1890) verfasste vielgespielte Bühnenstücke und Romane.

71 *Kurz nach ihrer Hochzeit*: Juliette Robineau-Duclos (14. August 1860–9. September 1908) heiratete am 14. April 1885 den Arzt Charles Roché. Bis dahin hatte Jules Colette das Erbe seiner Frau und ihrer beiden Kinder aus erster Ehe verwaltet, nun fand eine Erbteilung statt, die Jules Colettes Misswirtschaft offenkundig machte. Als Folge mussten die Colettes 1891 ein kleineres Haus im vierzig Kilometer entfernten Châtillon-Coligny beziehen. Achille Robineau-Duclos erhielt das Haus in Saint-Sauveur als sein Erbteil zugesprochen, erst im Januar 1925 wurde es von seinen Nachkommen an einen Seidenhändler aus Lyon verkauft. Der neue Besitzer stellte es der inzwischen berühmten Colette zur Verfügung.

75 *Martyrium einer Frau*: Von Émile de Girardin und Alexandre Dumas Fils aus dem Jahr 1865. – Die weiteren Stücke sind: *La Tour de Nesle* von Alexandre Dumas Père und Frédéric Gaillardet, 1832; *Denise* von Alexandre Dumas Fils,1885; *Hernani* von Victor Hugo, 1830; *Der Schwiegersohn des Herrn Poirier* von Émile Augier und Jules Sandeau, 1854; *Der Bucklige* von Paul Féval und Auguste Anicet-Bourgeois, 1862; *Die beiden Schüchternen* von Eugène Labiche und Marc-Michel, 1860.

– *in X..., einem Nachbarstädtchen*: Saint-Fargeau, elf Kilometer westlich von Saint-Sauveur gelegen.

78 *Lagardère*: Die Hauptfigur in *Der Bucklige*.

83 *Ein Greuze!*: Jean-Baptiste Greuze (1725–1805) war ein Meister in der Darstellung frischer junger Bäuerinnen.

86 *Boccherinis Menuett*: Aus dem Streichquartett op. 13 Nr. 5.

93 *Tag, da die Opéra-Comique brannte*: 25. Mai 1887.

94 *die Rintintin-Glückspüppchen*: Aus bunten Wollresten gebastelte Anhänger, das Pärchen Nénette und Rintintin galt im Ersten Weltkrieg als Glücksbringer und Schutz vor Bomben.

98 *Mode des Benoiton-Chignons*: Die Komödie *La Famille Benoiton / Die Familie Benoiton* (1865) von Victorien Sardou hatte den großen Haarknoten mit tief in der Stirn sitzendem Hütchen in Mode gebracht.

106 *stille Menschenscheu*: »Ich habe ihn hundertmal reflexhaft mit einem Satz durchs Fenster verschwinden sehen, bei jedem Klingeln, das er nicht erwartete. Ergraut, früh gealtert durch die Arbeit, fand er sofort wieder die Agilität seiner Jugend, um hinaus in den Garten zu springen, und seine kleinen Töchter lachten«, schreibt Colette in *Sido* (*Œuvres*, Bd. III, S. 548 f.). Achille hatte 1898 Jeanne de la Faye geheiratet und aus dieser Beziehung zwei Töchter, Geneviève und Colette.

111 *auf einem Dorffriedhof*: Jules Colette starb am 17. September 1905 und wurde in Châtillon-Coligny bestattet, wo er seit 1891 mit seiner Frau lebte. »Das Lachen« spielt also nicht mehr im verlorenen Kindheitsparadies Saint-Sauveur, was Colette hier verschweigt. Mit dieser Geschichte wechselt sie außerdem in ihre Erwachsenenzeit.

114 *diese Exzentrizitäten, die du dir auf der Bühne erlaubst:* Am 6. Februar 1906 hat Colette ihre Karriere als Schauspielerin begonnen, mit einer Rolle als Faun in dem Mimodrama *Le Désir, l'Amour et la Chimère*, es folgten Schleiertänze in *Rêve d'Egypte* (1907) und ein blanker Busen in *La Chair* (1907). Zu einem ausgewachsenen Skandal wurde *Rêve d'Egypte* durch den Auftritt von Colettes Freundin Mathilde de Morny, Marquise de Belbeuf (1863–1944), genannt Missy, in Männerkleidern. Der französische Adel tobte, das Stück musste abgesetzt werden. – Weiter unten sagt Sido, sie sei einundsiebzig, also könnte dieses Kapitel durchaus 1906 / 1907 angesiedelt sein. In ihren Briefen schreibt Sido selten, dass sie krank ist, auch finden sich darin nur wenige Hinweise auf Besuche der Tochter. Ein letztes Mal gesehen hat Colette ihre Mutter etwa vier Wochen vor deren Tod am 25. September 1812.

116 *sag deinem Bruder nicht*: »Ohne meinen lieben Großen, Deinen Bruder, würde ich nicht mehr leben wollen, aber er umgibt mich mit so viel

Zärtlichkeit. Er sucht auf meinem Gesicht nach den Schatten des Kummers, und ich wage nicht, ihn zu betrüben, indem ich sie ihm zeige«, schreibt Sido ihrer älteren Tochter Juliette am 22. September 1905, wenige Tage nach dem Tod von Jules Colette.

118 *und wohnte im selben Dorf*: Also in Châtillon-Coligny, dessen Namen Colette nie erwähnt. Genauso wenig werden die näheren Umstände des Ortswechsels erklärt.

120 *noch triumphierend*: Anspielung auf einen berühmten Vers aus Victor Hugos Gedicht »Booz endormi«: »quand on est jeune, on a des matins triomphants« (*La Légende des siècles*, 1859–1883).

122 *in Célimène-Manier*: Also wie die junge kokette Witwe in Molières *Menschenfeind*.

124 *Tonneau-Spiel*: Ein Wurfspiel, bei dem kleine Scheiben in verschiedene Öffnungen geworfen werden; das Froschmaul bringt die meisten Punkte.

126 *ihr kurzzeitiger Besitzer*: Der Diplomat und hohe Beamte Philippe Berthelot (1866–1934), ab 1920 Generalsekretär des Außenministeriums im Rang eines Botschafters, einflussreicher Berater verschiedener Außenminister.

128 *schleuderte Bâ-tou gegen die Wand*: Colettes Verhältnis zu Tieren mag hin und wieder erstaunen, denn sie wirkt eher wie eine Dompteurin als wie eine Tierliebhaberin. Ihre Biographen verweisen ausdrücklich auf ihr Engagement im Tierschutz und erklären eine Anekdote, die Julien Green am 25. Mai 1929 in seinem Tagebuch notiert, mit Colettes Bodenständigkeit und ihrem Willen, unnötiges Leid zu vermeiden, siehe Claude Pichois und Alain Brunet: *Colette*. Paris: Éditions de Fallois 1999, S. 310 ff. – Green schreibt über einen Besuch bei Colette: »Als Cocteau ankommt, zeigt er uns einen kranken Vogel, den er auf den Champs-Élysées gefunden hat. Colette nimmt ihn, untersucht ihn und geht hinaus in den Garten, um ihm den Hals umzudrehen.«

131 *die Wälder Auteuils*: Von November 1916 bis Ende 1926 bewohnt Colette ein Haus im südwestlichen Pariser Stadtviertel Auteuil, am Boulevard Suchet Nummer 69, ganz in der Nähe des Bois de Boulogne und der alten Befestigungsmauern von Paris. Bis Dezember 1923 lebt sie hier zusammen mit ihrem zweiten Ehemann Henry de Jouvenel.

134 *Kamaralzaman*: Eine Figur aus *Tausendundeine Nacht*.

140 *Die Kinder*: Colettes Tochter Colette de Jouvenel (3. Juli 1913–16. September 1981) sowie ihre beiden Stiefsöhne Bertrand de Jouvenel (31. Oktober 1903–1. März 1987, Mutter: Sarah Claire Boas) und Renaud de Jouvenel (21. Oktober 1907–31. Dezember 1982, Mutter: Isabelle de Comminges). – Die Geschichte spielt im Spätsommer 1921 auf Castel-Novel, dem

Familiensitz der Jouvenels in der Nähe von Brive-la-Gaillarde (Corrèze), wo Colette sich während ihrer Ehe mit Henry de Jouvenel häufig aufhielt. Das Paar trennte sich 1923, zwei Jahre später wurde es geschieden.

145 *alt, einsam und mächtig*: In dem Gedicht »Moïse« von Alfred de Vigny (*Poèmes antiques et modernes*, 1826) heißt es: »vous m'avez fait vieillir puissant et solitaire.«

150 *lässig im Badeanzug*: »Die Näherin« und »Die hohle Haselnuss« spielen in Rozven, einem Sommerhaus unweit von Saint-Malo, das Colette seit 1910 besitzt.

151 *Philomène de Watteville*: Gemeint ist Rosalie de Watteville, eine Figur aus dem Roman *Albert Savarus* (1842) von Honoré de Balzac.

EDITORISCHE NOTIZ

Colette war die erste *Autorin* des 1924 in Wien gegründeten Paul Zsolnay Verlags. Zwischen 1927 und 1931 erschienen hier insgesamt acht Titel von ihr. Nationalsozialismus und Zweiter Weltkrieg zerstörten das ambitionierte internationale Programm des jungen Verlags; erst nachdem Paul Zsolnay 1946 seinen arisierten Verlag zurückbekommen hatte, konnte er wieder Bücher der inzwischen hochberühmten französischen Schriftstellerin veröffentlichen. Zsolnay übernahm nun auch Werke, die bereits anderswo auf Deutsch erschienen waren, etwa die Claudine-Romane (zuvor Gustav Grimm, Budapest) oder *Chéri* und *Chéris Ende* (zuvor Curt Weller & Co., Leipzig).

Die einzelnen Kapitel, aus denen *La Maison de Claudine* besteht, wurden zwischen Oktober 1921 und April 1923 in verschiedenen französischen Zeitungen und Zeitschriften vorabgedruckt, vor allem in *Le Matin*, aber auch in *La Revue de Paris, Les Écrits nouveaux* und *La Nouvelle Revue française.* Die Buchausgabe mit insgesamt dreißig Kapiteln erschien 1922, gefolgt von einer zweiten, illustrierten Ausgabe 1923 mit 29 Kapiteln. Unsere Übersetzung beruht auf der definitiven Ausgabe von 1930 mit 35 Kapiteln. Alle drei Ausgaben erschienen bei J. Ferenczi in Paris.

Die erste deutsche Übersetzung von Erna Redtenbacher unter dem Titel *Mein Elternhaus* (später geändert in *Claudines Mädchenjahre*) wurde 1929 im Paul Zsolnay Verlag publiziert und stützte sich auf die französische Ausgabe von 1923. Es fehlten die in unserer Ausgabe enthaltenen Kapitel »Das ›Prachtstück‹«, »Bâ-tou«, »Bellaude«, »Zwei Katzenmütter«, »Katzen« und »Der Schlaflose«.

Unserer Übersetzung liegt die von Claude Pichois edierte vierbändige Werkausgabe in der Bibliothèque de la Pléiade zugrunde: Colette: *Œuvres*, Paris: Gallimard 1984/1986/1991/2001.

INHALT